Norbert Trettin
Ärger im Revier

Norbert Trettin

Ärger im Revier

Frettchen Müller in Gefahr

Tier-Krimi

Bibliografische Information der Deutschen Nationalbibliothek:
Die Deutsche Nationalbibliothek verzeichnet diese
Publikation in der Deutschen Nationalbibliografie;
detaillierte bibliografische Daten sind im Internet
über http://dnb.dnb.de abrufbar.

Covergestaltung: Sarah Friede

Verlag: BoD · Books on Demand GmbH, In de Tarpen 42,
22848 Norderstedt
Druck: Libri Plureos GmbH, Friedensallee 273,
22763 Hamburg

ISBN: 978-3-7693-0917-1

Tier-Krimi

Ich danke meiner verstorbenen Mutter, die mir die wunderbare, bunte Welt der Frettchen näher gebracht hat.

Inhaltsverzeichnis

1. WER BIN ICH?

„Hey, wo bist du denn?…Hier oben?….Nee…Ach, wieder hier unten!"

Jetzt nimmt er mir gleich die Decke weg und zieht mich raus.

„Na, komm mal her, Müller!"

Wie soll ich das machen? Ich werde festgehalten!?

„Na, mein Kleiner…hast Du fest geschlafen?"

Natürlich hab ich das…wie soll ich denn sonst schlafen? Ich bin schließlich ein Frettchen!!!

Aber könntest du mich vielleicht erstmal…

„Ich setz' dich nochmal ins Klo, ok?"

Genauuuuuu….Ahhhh, herrlich, das ist gut.

Jeden Abend das gleiche Ritual.

Aber vielleicht sollte ich uns erstmal vorstellen, oder, Leute?

Also, ich bin Müller, ein männliches Frettchen, auch als Rüde bezeichnet, mit dunkelbraunem Fell, viel Humor und immer mit einer Idee, die Langeweile zu vertreiben. Oder besser gesagt: Mit jeder Menge Flausen im Kopf, wie es sich für ein richtiges Frettchen gehört!

Der Junge, der mich eben geweckt hat und netterweise ins Katzenklo gesetzt hat, ist der Max. Er ist der Sohn der Menschenfamilie, bei der ich lebe. Naja, eigentlich wir…denn meine Halbschwester, Matilda, genannt Tildi, lebt auch mit hier. Eine Fähe, also ein weibliches Frettchen…. Sie sieht genauso aus wie ich, nur eben kleiner und total zickig. Aber dazu später mehr.

Zurück zu meiner Menschenfamilie…dazu gehört noch die Mama von Max, Karen und der Papi, Krischan.

Vor ungefähr eineinhalb Jahren haben die uns das erste Mal besucht. Da waren Tildi und ich noch Babys und lebten bei unseren Eltern in einer Voliere auf dem Lande. Ich fand damals schon, dass diese Menschen gut riechen. Naja, und dass die uns niedlich fanden, war ja eh klar.

Menschen um den Finger zu wickeln, ist ja sozusagen unsere Spezialität und uns in die Wiege gelegt.

Und so kam es, dass wir ungefähr vier Wochen später, im Alter von 12 Wochen, von unseren Menschen abgeholt wurden und hier in die Wohnung eingezogen sind.

So wurden wir zu „Stadtfritten" (Stadtfrettchen).

Ja, das sind wir:
Tildi links und ich rechts am Tag unseres Einzuges
bei unseren Menschen.

Tildi   Müller

Klein und unschuldig,…

…in einer großen Wohnung in der Innenstadt mit
einem richtig langen Flur zum Ruffen, Rennen und
Spielen.
Und genau in diesen Flur geht es auch gleich wieder.
Aber natürlich erst, wenn Tildi gnädigerweise erwacht
ist.

„Nun mach doch bitte und wach auf. Du brauchst ja echt immer Stunden, bis du soweit bist, damit wir in den Flur können!"

„Ja, doch.", Tildi gähnt und streckt alle vier Pfoten von sich, „ich komm ja schoooooon….!" Und sie gähnt schon wieder.

Einige Minuten später ist es geschafft und der Spaß kann beginnen.

Unsere Menschen haben uns einige tolle Sachen gegeben, hinter denen wir herjagen, oder die wir verstecken können. Bälle, künstliche Mäuse am Gummiband, Flaschenkorken am Gummiband, usw. Es macht jedenfalls unheimlich viel Spaß, diesen Sachen hinterher zu jagen. Und natürlich Schuhe: Wo ein Flur ist, da gibt es auch Schuhe. Und die riechen… herrlich…und das Leder…ein Genuss!

Reinbeißen und wegschleppen, etwas anderes kommt für uns da nicht in Frage.

Nach dem Workout im Flur geht es zur Stärkung in die Küche.

Ja, die Küche…der Ort der 1000 Gerüche. Hier wird das Essen für die Menschen gemacht und natürlich bekommen auch wir Vierbeiner unser Fressen. Und was riecht und schmeckt natürlich am Besten? Rohes Fleisch…und zwar nur Rindfleisch oder Geflügel. Alles Andere bekommt uns nicht und wir können krank werden. Zurück im Wohnzimmer…Hier dürfen wir noch einige Zeit draußen sein, also außerhalb unseres großen Käfigs, auch Pennhouse genannt. Aber nach einer riesigen Portion Fleisch und noch etwas Vitaminsalbe und natürlich nach einem schweren Tag, den Frettchen mit Schlafen und Fressen ja grundsätzlich haben, wird man schon etwas träge. Dann schläft man gerne auch mal ein, wo man sich gerade befindet. Im Spielschlauch, mitten auf dem Teppich, unter der Couch, in der Lego-Kiste...

Oder besser gesagt, man tut nur so, als wäre man unendlich müde und würde schon schlafen.

Das gilt zumindest für mich. Denn wenn unsere Menschen der Meinung sind, dass unsere Schlafenszeit angebrochen ist, werden wir zurück in unser Pennhouse gebracht.

Dieses Pennhouse ist der absolute Hammer. Es sind zwei Bücherregale ohne Rück- und Seitenwände, die zusammen geschraubt wurden. Vorne als Tür wurde ein Lattengerüst installiert und rundherum ist Kaninchendraht getackert. Innen sind von oben nach unten fünf Borde treppenförmig eingelegt worden, sodass wir wirklich viel Bewegungsfreiheit haben. Über die ganzen Handtücher, Decken und Röhren brauchen wir gar nicht reden. Es ist ein einziger Spielplatz. Und ganz unten rechts, etwas im Dunkeln versteckt, stehen 2 Toiletten, also Katzenklos mit Streu. Über die haben wir ja vorhin schon gesprochen.

So, wenn wir dann in unser Pennhouse gebracht und die Türen geschlossen wurden, lege ich mich auf das oberste Bord, schön eingewickelt in eine Decke, so dass nur noch mein Kopf halb herausragt, und… schaue fern!! Jaaa, genau, ich!! Netflix, Sky, ARD, RTL, alles, was gerade geschaut wird, schaue ich mit!! Und am Wochenende die Bundesliga-Konferenz! Die Bayern…Meine Güte, die sind ja nun wirklich keine Übermannschaft, aber wenn die anderen Mannschaften zu doof sind, oder nicht wollen, dann wird man eben 27-mal Deutscher Meister in Folge, oder wie oft? Na, egal.

Natürlich kann ich nichts auswählen und muss das schauen, was die Menschen wollen und was gerade läuft.

Ja, es ist manchmal auch nicht leicht…sieben Stunden Gerichtssendungen am Stück. Mein Lieber Scholli, das ist nichts für schwache Nerven und vor allem…nichts für empfindliche Ohren. Was für ein Gegröle und alles durcheinander.

Aber es gibt auch Highlights. „Modern Family", zum Beispiel.

Herrlich, diese große Familie mit all ihren durchgeknallten Typen. Am schrägsten ist ja Phil, der Trottel. Echt zum Totlachen. Ich muss mich auf meinem Bord echt zusammenreissen, damit die Menschen nicht merken, dass ich lachen muss. Ich tue dann immer so, als würde ich niesen. Manchmal liege ich bei Max auf dem Bauch und wenn ich dann lachen muss…nichts wie weg. In den Schlauch, unter die Couch oder direkt wieder zurück ins Pennhouse.

Der Eine oder Andere wird sich sicherlich fragen, warum ich lachen kann.

Na, ganz einfach: weil ich die menschliche Sprache verstehen kann.

Nun wird sich wohl der Andere oder der Eine fragen, warum ich die menschliche Sprache verstehen kann.

Diese Frage ist verständlich. Denn meine Halbschwester Tildi versteht diese Sprache nicht. Die schaut immer ziemlich blöd aus der Wäsche, wenn mit ihr gesprochen wird. Und rennt auch oft in die völlig falsche Richtung, wenn sie gerufen wird.

Keine Ahnung, ob sie neben Nichtverstehen der Sprache auch etwas mit den Ohren hat.

Ich habe sie das mal gefragt, Mann-o-Mann, das Gezicke wollt ihr nicht gesehen und gehört haben.

Wie auch immer, sollte sie sich gut mit mir stellen, zumal ich ihr ja alles übersetzen muss, nicht wahr? Und das macht sie auch…meistens.

Warum ich die menschliche Sprache verstehe?

Lest weiter…

2. DER KÜRBIS

Wer bin ich? Wo bin ich? Und wie viele?
Diese Fragen schossen mir durch den Kopf, genau wie die Blitze.
Schuld daran war der Kürbis, der meine linke Schädelhälfte gestreift hatte. Aber eigentlich war ich Schuld daran, da ich auf die Schuhkiste gesprungen war und von dort an der Tüte gezogen hatte, die sich auf der Fensterbank befand. In dieser Tüte war ein Kürbis verpackt, der durch mein Ziehen ins Rollen kam und das ausgerechnet in meine Richtung. Ich war schon auf dem Rückzug, sodass der fallende Kürbis mich eben nur streifte…aber das hat gereicht.
Ich muss tatsächlich kurz bewusstlos gewesen sein, denn auf einmal lag ich auf dem Arm der Menschenmutter und Max weinte hysterisch.
Aber irgendetwas war anders. Nicht nur, dass mein Kopf brummte und mir schwindelig war, nein, da war noch etwas anders.
Und dann hatte ich es!! Ich konnte die Menschenmutter verstehen. Sie sprach mit Max: „Beruhige dich. Müller kommt schon wieder zu sich. Siehst du?"
Ab dann war mir klar, dass ich die menschliche Sprache verstehen konnte. Aber welche Folgen und Mög-

lichkeiten das für mich haben würde, war mir damals, vor knapp eineinhalb Jahren, nicht klar.

Meine Leidenschaft für das Fernsehen habe ich im vorherigen Kapitel bereits erwähnt. Allerdings habe ich nicht erzählt, wie gern ich Krimis schaue. Und genau bei einem solchen Film, als ein Insasse aus einem Gefängnis ausbrach, kam mir die Idee.

Das Pennhouse von innen öffnen. Gesagt, getan.

Die Bezeichnung Frettchen stammt übrigens aus dem Lateinischen, „furetus", der Dieb. Es ist uns also in die Wiege gelegt, Dinge verschwinden zu lassen. Und so stibitzte ich bei nächster Gelegenheit einen Eisstiel vom Wohnzimmertisch. Den hatte ich dann oben, hinten in der Ecke, im Pennhouse versteckt. Dann hieß es warten. Warten auf eine günstige Gelegenheit.

Schließlich sind meine Menschen ins Bett gegangen und somit war das Wohn-Esszimmer leer und dunkel. Ich hatte freie Bahn, meinen Plan auszuprobieren. Ich holte also den Eisstiel aus dem Versteck und stieg nach unten. Mittels Haken, die in eine Öse gesteckt wurden, war unser Pennhouse von außen verschlossen. Mein Plan war, mittels des Eisstiels den untersten Haken aus der Öse zu heben, sodass ich die Tür etwas aufdrücken konnte. Mir würde ein schmaler Spalt genügen, um durch die Tür zu gelangen. Ich begann gerade den Eisstiel durch den Kaninchendraht zu schieben, als sich Tildi aus einer Decke pellte und auf das unterste Bord sprang. Dort waren die Näpfe mit Wasser und Trockenfutter. Tildi wollte noch einen Snack vor dem Schlafengehen zu sich nehmen. Also hieß es wieder, warten...

Kurze Zeit später war es dann aber endlich soweit. Tildi hatte sich wieder unter einer Decke verkrochen und ich konnte endlich loslegen. Ich schob also den Eisstiel durch den Kaninchendraht und peilte den Haken an, als...

Die Wohnzimmertür ging auf, und mein Menschenvater kam ins Zimmer. Den mag ich eigentlich richtig gern und mit ihm spielen macht auch mächtig Spaß, aber nicht jetzt, echt nicht.

Ich ließ also den Eisstiel fallen und legte mich mit dem Rücken darauf, streckte meine Pfoten etwas in die Luft und sah so aus, als würde ich bereits stundenlang so schlafen. Tja, und was soll ich sagen... während ich wartete, dass die Luft wieder rein war, bin ich wohl tatsächlich eingeschlafen. Denn als ich wieder aufwachte, lag Tildi quer über mir. Sie kuschelt eben gern, naja, und ich eigentlich auch. Also entschloss ich mich, den Plan „Ausbruch" auf den nächsten Abend zu verlegen.

Bis es soweit war, kam aber noch etwas Schlimmes. Nämlich der nächste Morgen. Unsere Menschenmutter ist nämlich der Meinung, dass wir in der Woche zu wenig Auslauf haben, wenn die Menschen zur Arbeit oder in die Schule müssen. Das bedeutet für

Tildi und mich, dass wir morgens früh aus dem tiefsten Tiefschlaf geweckt und aus dem Pennhouse herausgeholt werden. Dann geht es ins Badezimmer, in dem wir den Menschen bei verschiedenen Dingen, die Menschen eben so im Badezimmer machen, zuschauen können. Oder eben auch nicht…Glaubt mir, Leute, alles, was die Menschen so im Badezimmer machen, will man nicht wirklich sehen. Und hören… Tildi und ich zwinkern uns oft zu und müssen uns auch unser Lachen (Niesen) verkneifen.

Nachdem wir dann das allmorgendliche Badezimmerritual der Menschen hinter uns haben, geht es nochmal kurz in die Küche.

Fressen eben. Geht immer! Den Rest des Tages sind wir dann in unserem großen Pennhouse. Schlafen, Spielen, Fressen, Ärgern…einfach herrlich so ein Frettchen-Leben. Abends holt uns dann der Max wieder raus, aber das habe ich euch ja schon am Anfang erzählt.

Nun war er also da, der nächste Abend, an dem ich den Plan „Ausbruch" in die Tat umsetzen wollte. Die Menschen waren weg, alles war dunkel und leise, Tildi war satt und schlief…es konnte also losgehen. Ich schob den Eisstiel soweit durch den Kaninchendraht, bis er unter dem Haken war. Dann drückte ich den Haken nach oben und - klack - sprang er aus der Öse. Ich konnte mein Glück nicht fassen. Kurz wartete ich, ob sich irgendwo etwas regte, aber alles blieb still und dunkel. Mit meinem Kopf drückte ich gegen die Holzlatte der Pennhouse-Tür, sodass ein schmaler Spalt entstand, durch den ich ohne Probleme passen würde. Ich schob mich also hindurch und schon stand ich auf dem Holzboden des Esszimmers. Ausserhalb des Pennhouses. Ich…allein…ohne Menschen…. Ich bin ja so wild und verwegen! Ein Leben am Abgrund!

Und das hatte ich alles nur dem Kürbis zu verdanken, ohne den ich den Krimi mit dem Gefängnisausbruch nie verstanden hätte. Haha!!

So, dachte ich, was jetzt? Einfach mal loslaufen. Eigentlich kannte ich ja alles. Jede Ecke, jede Kiste, den Flur…alles mit den speziellen Gerüchen. Aber so alleine draußen, und keiner wusste das, machte es ja um Längen spannender und aufregender. Es war sozusagen ein Abenteuer. Aber ein Kurzes! Ich war gerade auf der Hälfte des Flures angelangt, als ich eine Stimme hörte: „Hier ist irgendwo ein Frettchen!" Es war die Stimme des Menschenvaters. Und was soll ich sagen? Er hatte Recht.

Das Licht ging an, ich wurde hochgehoben und war schneller wieder im Pennhouse, als ich denken konnte.

„Na, Müller, haben wir den Käfig nicht richtig zugemacht? Und du hast es sofort gemerkt, was? Du bist ja so ein schlaues Frettchen!" Das war ich wirklich…

„So, nun schlaf schön!"

Das würde ich auch, das war mir klar. Aber erst musste ich noch den Eisstiel wieder an seinem Platz verstecken. Denn der Plan „Ausbruch" war erst am Anfang. Zugegeben, ich habe mich erwischen lassen, aber das würde mir nicht nochmal passieren.

In den nächsten Nächten würde es weitergehen.

Ihr werdet sehen…

3. DER PARK

Schaut man bei uns aus dem Fenster, blickt man direkt unten in einen kleinen Park mit einigen Bäumen und Büschen und drei Bänken, die im Dreieck angeordnet sind.

Woher ich das weiß? Wie ich aus dem Fenster schauen kann?

Hey, Leute, ich bin ein Frettchen! Schon vergessen? Wir sind die niedlichsten Wesen auf dem Planeten.

Wenn, zum Beispiel, der Menschenvater am Fenster steht, stelle ich mich auf und kratze mit meinen Vorderpfoten an seinem Schienbein. Der denkt natürlich, dass ich auf den Arm will, um gestreichelt zu werden. Ja, ist natürlich auch ganz nett. Aber eigentlich will ich immer nur aus dem Fenster und hinunter in den Park schauen. Da sitzen immer einige Menschen, meistens dieselben. Zwei Menschen bringen auch immer ihre Hunde mit, auch bei Regen. Wie furchtbar...Wasser an die Pfoten...Nein! Und dann noch kalter, nasser Matsch...unvorstellbar! Hunde sind schon ein merkwürdiges Volk.

Aber in den Büschen leben bestimmt auch noch andere Tiere, die ich gern mal kennenlernen möchtc.

Ob ich Angst verspürte? Ich doch nicht. Ich fresse rohes Fleisch und spiele mit dem laufenden Staubsauger. Mir kann keiner was!

So schnappte ich mir am späten Abend wieder meinen Eisstiel, hob den Haken aus der Öse und kletterte aus dem Pennhouse.

Als hätte ich mein Leben lang nichts anderes gemacht.

Aber dieses Mal war ich viel vorsichtiger und außerdem musste ich nur an den Anfang des Flures, da sich dort die Etagentür befand. Und was war in dieser Tür eingelassen?

Genau, ein Briefschlitz. Und was zeichnet uns Frettchen neben unzähligen, tollen Eigenschaften noch aus? Wir passen durch die schmalsten Ritzen und Spalten. Ich stellte mich auf die Hinterpfoten, zog mich mit den Vorderpfoten hoch, klappte mit meiner Schnauze die Abdeckung weg und schob mich durch den Schlitz. Auf der anderen Seite der Tür sprang ich auf den Boden und war im Treppenhaus. Ich kannte das hier schon. Denn schließlich musste ich schon einmal zum Tierarzt und wurde in einer Tiertransportbox durch das Treppenhaus getragen.

Ich machte mich also auf den Weg nach unten zur Haustür. Auch diese hatte einen Briefschlitz, durch den ich auf die gleiche Weise wie oben schlüpfen konnte.Und was soll ich sagen? Ich stand draußen im Freien und der kleine Park lag vor mir. Schnell versteckte ich mich im nächsten Gebüsch. Von dort konnte ich tatsächlich rundherum alles gut sehen. Aber es war nicht viel los. Eigentlich war hier gar nichts los. Ich machte mich auf den Weg zum nächsten Gebüsch und kam an einem überquellenden Mülleimer vorbei. Was für Gerüche…unglaublich ekelhaft.

Ich blieb unter einer Bank stehen, um in Ruhe würgen zu können, als ich auf einmal eine raue, verrauchte Stimme vernahm:

„Hey, Du!"

Ich erschreckte mich dermaßen, dass ich die Kontrolle über meinen Darm verlor…und was das heisst, könnt ihr euch sicher vorstellen, oder? Man könnte auch sagen, ich habe volles Pfund unter die Bank gekackt.

„Ich?", fragte ich stotternd.

Ich machte einige Schritte weg von meinem Haufen. Trotz meiner Angst, war mir das schon sehr unangenehm, auch wenn der Geruch neben dem Mülleimer nicht sonderlich auffiel.

„Klar, Mann. Hier ist ja sonst keiner! Komm rüber ins Revier.

Es wird dich schon keiner fressen… noch nicht, hehehe!"

„Wie? Revier?"

„Das Gebüsch hier hinter der Bank, Mann!"Puuh, dachte ich, na, gut. Mit langsamen Schritten, komplett aufgestelltem Fell, und offenem Maul - schließlich sollte jeder meine spitzen, langen, scharfen Zähne sehen - ging ich ins Gebüsch.

Ich trat am ersten bewachsenen Ast vorbei und blickte in zwei kleine schwarze Augen, in einem kleinen rot-braunem Kopf.

Dieser Kopf saß auf einem kleinen Körper, der in einem riesigen, behaarten Schwanz endete.

Ein Eichhörnchen. Ich fürchtete mich vor einem Eichhörnchen. Ich hatte meinen Darm vor Schreck entleert, wegen eines Eichhörnchens…Hoffentlich hatte das niemand anderes mitbekommen!

„Hallo!", sagte ich nun gar nicht mehr so ängstlich. „Wer bist du und was machst Du hier?", fragte ich weiter.

„Ecki", antwortete das Eichhörnchen. „Ich wohne da hinten in einem Baum."

Er zeigte auf einen der zahlreichen Bäume.

Er sprach weiter, als er sich wieder zu mir drehte: „Aber abends bin ich immer hier und treffe mich ab und zu mit meiner Gang. Und?? Wer bist du?"

Ich war gerade damit fertig, zu beschreiben, wer ich war, als plötzlich zwei Katzen bei uns im Gebüsch, oder besser gesagt im Revier, standen und mich sehr feindselig musterten. „Entspannt euch! Das ist Müller! Er wohnt da drüben in dem Haus und er macht nicht den Eindruck, als müsste man etwas von ihm befürchten!"

„Na gut.", begann die größere der beiden Katzen, „ich bin Schrader und das ist Harley. Das sind unsere Gangnamen.

Bei unseren Menschen heißen wir natürlich anders."

Ich musste wieder ein Niesen vortäuschen, sonst hätten die Drei gemerkt, dass ich mich über das Lispeln von Schrader hätte schlapp lachen können. Und ich wollte nicht direkt am Anfang schon blöd auffallen. Aber eine lispelnde Katze ist schon der Hammer.

„Und ausserdem ist es schon ziemlich cool, ein Frettchen in der Gang zu haben, meint ihr nicht?", fuhr Ecki fort.

„ Wir müssen Dir nur noch einen passenden Gangnamen verpassen...hm...lass mal überlegen..."

Ich fasse es nicht! Nach einem Eichhörnchen mit einer Raucherstimme, einem lispelndem Kater sprach nun die Katze Harley mit einer piepsigen Fistelstimme. Was für eine Mischung. Naja, aber alles in allem, schienen die Drei ganz nett zu sein.

„Müller passt doch super!!!", piepste Harley.

„Häh?"

„Du heisst Müller. Bei deinen Menschen und auch hier in der Gang!"

„Ist das nicht ein sehr langweiliger Name?", fragte ich.

„Genau das ist er.", stimmte Schrader zu. „Und genau deswegen passt er so gut zu dir. Hinter diesem

Namen erwartet niemand ein so cooles Frettchen. Hallo? Du bist ein Raubtier!!"

Wir quatschten noch einige Zeit über Dieses und Jenes.

Dabei erzählten mir die Drei, dass zu ihrer Gang noch ein Kranich namens Krake gehörte. Der war aber nicht immer abends im Revier, da er immer unterwegs war und weite Strecken flog.

Auf meine Frage, was denn abends hier im Revier so abginge, lachte Ecki auf: „Was soll schon abgehen, Mann?

Wir suchen nach Futter, ärgern die angeleinten Hunde, beobachten die Menschen, und so weiter. Langweilig ist uns nie. Vor allem, die Hunde zu ärgern macht Spaß! Die sind so doof!"

Mir gefiel das alles hier. In meinem Pennhouse mit Tildi und das Spielen mit meinen Menschen machte auch Spaß. Aber das hier war etwas ganz anderes. Etwas, das ich auf jeden Fall öfter mitmachen und besser kennenlernen möchte. Die Tiere, die Umgebung…alles neu und superinteressant.

Ich erklärte meinen neuen Freunden, dass ich bestimmt oft vorbei kommen würde und verabschiedete mich fürs Erste. So wie ich herkam, gelangte ich auch wieder zurück. Briefschlitz unten, Briefschlitz oben, ab ins Pennhouse.

Mit dem Eisstiel setzte ich den Haken wieder in die Öse und das wars.

Und jetzt kam sie…die bleiernde Müdigkeit. Ich war noch nie so lange am Stück wach. Und draußen… und mit fremden Tieren…herrlich, aber auch echt anstrengend.

Ich rollte mich auf den Rücken und schlief sofort ein.

4 . DER TIERARZT

Der nächste Morgen war die Hölle. Es war nicht möglich, mich zu wecken. Weder die Menschenmutter, noch ich selbst waren in der Lage, mich wach zu bekommen. Frettchen können in einen sogenannten „Todesschlaf" verfallen. Ein Zustand nahe der Bewusstlosigkeit aus dem wir Frettchen nur mit Mühe zu erwecken sind. Wir wissen nach dem Aufwachen teilweise nicht mehr, wer und wo wir sind. Quasi so, als wäre man am Kopf von einem Kürbis gestreift worden, haha!

Es hat ungefähr eine halbe Stunde gedauert, bis ich einigermaßen Herr meiner Sinne war. Ich war es einfach nicht gewohnt, mich rumzutreiben und nur wenige Stunden zu schlafen. Das musste anders werden. Ich musste es einfach trainieren.

Aber außer meiner Müdigkeit - oder besser gesagt Betäubung - war noch etwas anders. Und zwar die Transport-Box!

Und zu fressen gab es auch nichts, und es ging auch nicht zurück in das Pennhouse, nein, wir kamen in die Transport-Box.

Was hatte ich nur verbrochen? Ich freute mich auf einen ganzen Tag ratzen, pennen, poofen…aber stattdessen packte uns die Menschenmutter ein. Wo wollte sie mit uns hin? In den Park? Wäre toll gewesen, schließlich gehörte ich nun zur Park-Gang. Aber vorstellen konnte ich es mir nicht. Tildi wusste auch nicht, was auf uns zu kam. Wie auch? Die hat ja nie auch nur den Hauch eines Schimmers.

Also mussten wir abwarten. Und wie es beim Warten so passiert...ich bin wieder eingeschlafen.

Klack...Klack...und wieder wach. Die Verschlüsse der Transport-Box wurden weggeklappt und die Gittertür geöffnet.

Aha, wir sind mal wieder beim Tierarzt. Das erkenne ich an diesem echt ekeligen, strengen Geruch. Puuha! Eine Hand mit Handschuh griff nach Tildi, die andere nach mir.

Hey Leute, wir sind echt so lieb. Wenn wir wollten, könnten wir eure Hände komplett mit unseren spitzen Zähnen piercen. Man könnte uns auch Land-Piranha nennen...hahaha!!

„So, du bist dann wohl der Müller, hm? Du bist ja ein ganz Hübscher!! Und heute bekommst Du einen Chip, damit du die Mädels zufrieden lässt, ok?"

Es war eine Frau in einem hellblauen Kittel.

Meine Menschenmutter fragte: „Und wann können wir damit rechnen, dass die Wirkung einsetzt?"

Wie einen Chip? Mädels in Ruhe lassen? Ich kenn doch nur Tildi, und die lass ich ganz bestimmt in Ruhe. Was soll das??

„So, mein Müller!"

Aha, dachte ich mir, immer wenn sie mich so ruft, dann will sie etwas von mir. Krallen schneiden, Hintern waschen, wiegen…ist schon klar…und jetzt gibt es irgendwie Chips, oder wie?

Oh, Vitaminsalbe, her damit! Hmmm, es gibt nichts Besseres!

„So,", sagte der hellblaue Kittel, „das war es auch schon. Du warst ja richtig tapfer! Also, ich kenne Frettchen, die sind ja viel wilder!"

Wie? Das war es schon? Hier oben auf dem Tisch liegen und Vitaminsalbe lecken? Und was ist mit den Chips? Ich glaube, ich leide unter Schlafmangel.

Und ehe ich mich versah, war ich wieder in der Transport-Box und sie Gittertür war verschlossen. Und Tildi?

„Tildi behalten wir nach dem Eingriff noch zur Beobachtung hier. Sie können so gegen fünf anrufen. Dann wissen wir schon, ob sie über Nacht hier bleiben muss, oder ob sie nach Hause kann. Ok?"

„Alles klar,", sagte meine Menschenmutter, „und vielen Dank! Bis später hoffentlich."

Eingriff? Beobachtung? Muss Tildi nach der Vitaminsalbe beobachtet werden? Was stimmte mit ihr nicht? Ich verstand das Mädel nicht. Immer eine Sonderbehandlung…

Einige Zeit später waren wir endlich wieder zu Hause und ich konnte in mein Pennhouse. Schlafen. Aber ich musste zugeben, es war schon deutlich leerer, so ohne Tildi. Aber was solls.

Ab in die Decke und Ruhe…endlich Ruhe.

Am Abend kam Tildi wieder nach Hause. Und ich muss zugeben, sie musste deutlich mehr ertragen als ich. Nur Vitaminsalbe gab es für sie nicht. Meine Halbschwester sah echt ganz schön mitgenommen aus. Total benebelt mit ganz kleinen Augen und mit mir reden wollte sie auch nicht.

Und…sie hatte einen nackten Bauch!!!!! Mit einer kleinen Narbe. Sie hat es mir dann einige Tage später erklärt: Sie wurde operiert, damit sie keine kleinen Baby-Frettchen bekommen konnte. Aha, so ist das also. Somit brauch ich ihr nicht mehr wie ein Irrer hinterher laufen. Und dann wurde es mir klar. Tildi sollte keine Babys bekommen und und ich sollte keine machen. Nix mehr mit Knick-Knack!! Das war's! Ich sollte also keine Chips essen, sondern man hatte mir irgendwo einen eingesetzt.

Bei Tildi wurde somit im Bauch etwas umgestellt. Aber warum hatte sie einen nackigen Bauch? Tja, wie soll ich sagen…sie kann es tragen…nicht schlecht, meine kleine Bikini-Tildi!!

Wo der Chip bei mir eingesetzt wurde, sollte ich bald erfahren.

Es war am selben Abend in der Küche. Ich habe gefressen, wie immer, Tildi war noch platt, als ich auf einmal an der linken Seite meines Hinterteils so ein komisches Gefühl hatte. Ein Vibrieren, ein Kitzeln, irgendwie angenehm und unangenehm zu gleich. Einige Sekunden später ertönte das Rufsignal des Smartphones von Max. Dieses Gefühl ließ daraufhin nach und ich vergaß es auch sofort wieder. Aber nur für ungefähr zehn Minuten. Das Gefühl kam urplötzlich zurück. Vibrieren, kitzeln. Das Rufsignal des Smartphones von Karen ertönte. Und auch hier war es so, dass meine Vibrations endeten, sobald das Gespräch angenommen wurde.

So wie ich die Sache sehe, Leute, reagiert der Anti-Knick-Knack-Chip mit Mobilfunkwellen. Ist das cool? Ehrlich gesagt, ich weiss es auch nicht, aber es scheint so zu sein. Kann man mit mir auch telefonieren?

Egal…ich kann ankommende Telefonanrufe vorhersagen. Das glaubt mir auch keiner. Und Tildi schon gar nicht.

Jetzt kann ich also Menschenstimmen verstehen, Mobilfunkwellen empfangen…was kommt noch? Kann ich aus meiner rechten Pfote ein Laserschwert ausfahren? Heisse ich dann in meiner Gang Darth Müller?

Wir werden sehen…

5 . DIE MÄNNER

„Wie? Du kannst es fühlen, bevor ein Smartphone klingelt?"

Ecki spuckte den Rest einer Buchecker aus.

„Ja, Alter,", erwiderte ich, „wenn ich es dir doch sage. Wir waren gestern beim Tierarzt und dort wurde mir ein Chip in den Hintern eingesetzt, damit meine Hormone herunterkühlen, oder sowas. Tja, und als wir wieder zu Hause waren, da habe ich es gemerkt. Erst beim Handy vom Sohn und kurz danach bei der Mutter. Ich nenn es mal meine Vibrations!"

„Und wat für een Mobilfunkanbieter hat deen Hintern jetzte? Vodafone oder Hinternfon?"

Ich schaute nach oben, von wo diese Frage kam. Dort saß auf einem der unteren Äste ein ziemlich großer Vogel.

„Du musst Krake, der Kranich sein, stimmt's?", fragte ich.

„Recht haste.", antwortete Krake.

Schrader, Harley und Ecki lachten sich schlapp.

„Kannste auch Internet, Bruder?" Harley piepste mehr, als das sie lachte.

„Nein, kann ich nicht. Und ihr braucht euch auch gar nicht über mich lustig zu machen!"

Ich grub voller Nervosität an einer Wurzel. Graben und in der Erde wühlen entspannt mich total. Nur leider gibt es bei meinen Menschen in der Wohnung nur Pflanzen in Töpfen und die sind leider ausserhalb meiner Reichweite platziert. Tildi hatte neulich Glück. Ein Stuhl stand so nahe an einem Tisch, dass sie über diese beiden Möbel auf die Fensterbank gelangte. Und was stand da? Ein großer Topf mit einer Pflanze und ganz viel Erde. Attacke….Tildi brauchte gar nicht lange und der halbe Topfinhalt lag auf der Fensterbank und dem Boden unterhalb. Schließlich wurde sie von Karen erwischt und weggehoben, aber dieser kurze Moment des Grabens und Wühlens…

Ach, könnte Tildi doch bloß immer täglich ein paar Minuten „Erde bekommen". Das scheint sie zu therapieren, denn den restlichen Tag war sie einfach nur entspannt und kuschelig. Und sie hat mir endlich mal wieder im Nacken geknabbert…hmmmmhh, die Frettchen unter euch wissen, was ich meine… Äähhhm, aber ich schweife vom Thema ab…

„Ich werde es euch beweisen, dass ich die menschliche Sprache verstehen kann und dass ich meine Vibrations tatsächlich empfange!"

Ich stellte mich auf meine Hinterpfoten, um zu verdeutlichen, dass es mir ernst war.

„Und wie wifft du daf maffen?"

Ecki hatte schon wieder etliche Bucheckern im Maul. Ehrlich gesagt, wusste ich das auch nicht so genau.

Ich drehte mich um meine eigene Achse und sah zwei Männer, die auf den Park zugingen. Und als hätten sie meine Notlage erkannt, setzten sie sich auf die Bank vor dem Gebüsch, in dem Ecki, Schrader, Harley und ich uns befanden. Krake saß etwas oberhalb in einem kleinen Baum.

Die Männer setzten sich so hin, dass sie die Häuser auf der gegenüberliegenden Strassenseite genau im Blick hatten. Also das Haus, in dem Schrader und Harley wohnten und auch das Haus, aus dem ich kam.

„So, Alter, welches Haus meinst Du?", fragte der linke der beiden Männer.

„Das Gelbliche da rechts. Das mit dem extra Eingang für die Erdgeschosswohnung. Siehst? Da brennt jetzt Licht in allen Räumen!", antwortete der Andere. „Ich war schon dreimal dort und habe die Gastherme repariert", fuhr er fort, „und dabei habe ich mich unauffällig umgesehen."

„Und?", wurde er weiter gefragt. „Was macht es dort so lohnenswert einzusteigen?"

„Geht los bei der Eingangstür,", antwortete der Klempner, „die ist nur mit einem einfachen Schloß gesichert. Da bin ich in 10 Sekunden drin, verstehst? So, ein Blick ins Wohnzimmer hat mir gereicht, um zu sehen, dass da jede Menge wertvolles Zeug rumsteht. Vasen, Laptops, Tablets und so weiter, alles sehr edel…alles Einzelstücke und so, weisste? Bekommt man gut wieder verkauft auf dem Schwarz-markt. Aber das Beste war, als ich mit dem Reparieren der Therme fertig war, wollte die Dame des Hauses die Rechnung bar bezahlen. Naja, Alter, weil die Reparatur mit Teilen und meiner bescheidenen Arbeitszeit nicht ganz billig war, musste die Gute an den Tresor. Und weisste was? Der ist fein säuberlich in eine Treppenstufe eingebaut..kaum zu sehen, wenn man es nicht weiss. Klein aber fein. Der muss da nur schnell rausgekloppt werden. Aufschweissen machen wir dann später. Was soll ich sagen? Die Hellste war Madam nun nicht gerade..machte den Tresor auf und machte sich keinen Kopf, ob ich einen Blick hinein-werfen konnte, oder nicht..Naja, was soll ich sagen, Umschläge, in denen bestimmt nicht nur 5-Euro-Scheine sind, kleine Goldbarren und Schmuckscha-tullen, alles da. Na, Lothar, was sagste?"

„Ach, Erik, ich weiss nicht.", antwortete Lothar, „Ich bin froh, dass ich aus dem Knast raus bin, nachdem das damals in Schaprode mit der Kohle aus dem Geldtransporter so dermaßen schief gegangen ist. Was sagt denn Vincent dazu?"

Erik schnäuzte sich die Nase und antwortete darauf: „Dem habe ich nur locker was erzählt. Der meldet sich gleich und wollte auch noch herkommen!"

Lothar war absolut nicht überzeugt: „Wir wissen doch gar nicht, wann wir da freie Bahn haben, und…"

Im Gegensatz zu ihm war Erik 100%ig überzeugt: „Natürlich wissen wir das! Bei meiner dritten Reparatur hörte ich, wie der gute Herr des Hauses telefonierte und demjenigen am anderen Ende der Strippe erzählt hat, dass die ganze Familie jeden Dienstag von 19 bis 22 Uhr beim Bowling ist. Was sagste nu, mein Lieber? Ausser zwei verpennten Katzen ist dann da keiner!"

„Naja…"

„Ganz genau, die Sache ist nämlich wasserdicht wie ne Taucheruhr. Klar, wir müssen die nächsten Dienstage nochmal abchecken, ob das auch stimmt, aber dann kann es losgehen!"

„Sag mal, warum musstest du die Gastherme eigentlich dreimal reparieren?"

„Äähmm", Erik klang etwas verlegen, als er antwortete, „lange Geschichte…"

Mein Fell war komplett aufgestellt. Ich konnte nicht glauben, was da eben meine behaarten Ohren vernommen hatten. Ich begann sofort meiner Gang zu erzählen, was ich soeben gehört hatte. Nachdem ich geendet hatte, war ich mir ziemlich sicher, dass meine neuen Freunde auch das Erzählte nicht glauben würden. Und Krake fing auch gleich wieder an:

„Samma, du hast ja echt ne blühende Fantasie, wa? Schoma dran jedacht, mit dem Jequatsche uffzutreten?"

„Er hat Recht, Krake!" Schrader war gar nicht mehr zum Lachen zu Mute.

„Wat?", fragte Krake nach.

Harley erwiderte nun ebenfalls: „Müller hat recht mit dem, was er erzählt hat. Die Wohnung mit dem Safe und der reparierten Gastherme…da wohnen wir… Schrader und ich!"

„Und dass unsere Menschen dienstags von sieben bis zehn beim Bowling sind, stimmt haargenau!"

Nun waren wir alle still…bis auf….

„Da ist es wieder….meine Vibrations…!"

Ein Mobiltelefon in der Nähe wurde angerufen. Ich drehte mich mit meinem Hintern zu meiner Gang und ließ sie an dem Schauspiel teilhaben.

„Meine Damen und Herren, begrüßen sie die Weltsensation…einzigartig und nur bei uns…deer zitteeeernde Pooooo!!!"

Das habe ich natürlich nur gedacht, denn für Scherze war die Situation viel zu ernst. Aber dennoch konnten sich jetzt Ecki, Schrader, Harley und Krake davon überzeugen, dass ich die Wahrheit erzählt habe.

Mein Hintern zitterte und vibrierte und derjenige der Männer, der Erik hieß, nahm sein Smartphone aus der Tasche und sprach hinein: „Hallo…Vincent…!"

Das Vibrieren ließ nach.

6. KEIN PLAN

…und davon ganz viel.

Erik erzählte dem Anrufer, der Vincent hieß, alles das, was Lothar und wir schon wußten. Er sagte dann eine ganze Zeit lang nichts, bis er sich schließlich von Vincent verabschiedete und das Smartphone in seine Jackentasche steckte. Er drehte sich zu Lothar, grinste ihn an und sagte:

„Vincent ist dabei. Wir sollen noch einmal alles checken und ihn dann wieder anrufen."

„Was sollen wir checken?", frage Lothar.

„Na, ob die Leute wirklich dienstags weg sind, ob man in der Seitenstrasse immer parken kann…nicht, dass da auf einmal eine Baustelle ist, oder so. Ob es sonst irgendwelche Besonderheiten gibt, und so weiter. Das nehmen wir alles nächsten Dienstag unter die Lupe. Dabei?"

Erik wollte Lothar scheinbar unbedingt dabei haben.

„Lass mich ein paar Nächte darüber schlafen, Alter. Bis zum nächsten Dienstag sind es ja noch ein paar Tage, ok?"

„Na also", freute sich Erik. „Ein klares „Nein" hört sich anders an, cool!"

Er klopfte ihm auf den Rücken und redete weiter:

„Komm, lass uns ein paar Bier besorgen…das Pokal-spiel fängt gleich an…HSV gegen Werder…die hauen wir weg, die grünen Säcke!"

Fußball, dachte ich. Ich liebe Fußball. Vielleicht weil alle Spieler wie Frettchen im Dreck wühlen? Und mit der Nase am Rasen riechen? Das echte Nordderby im Pokal - wie genial. Und ich? Ich steh mir hier die Pfoten in den Matsch und muss irgendwelchen Einbrechern beim Pläne schmieden zu hören. Die beiden Typen entfernten sich nun von uns und dem Park. Ich drehte mich zu meinen Leuten: „Ich hätte euch gern auf andere Weise bewiesen, wie es um meine Fähigkeiten steht, aber ich denke, ihr glaubt mir, oder?"

Harley war ganz aufgeregt: „Ja, und ob wir dir glauben. Alles war richtig, was du uns erzählt hast. Jede Kleinigkeit…!"

„Der Handwerker und die Gastherme, der Tresor in der Stufe, Bowling am Dienstag…", ergänzte Schrader.

Krake stellte seine großen Flügel auf: „Respekt, Kleener! Dat hätte ick dir nicht zujetraut. Aber et war klar zu erkennen, dat du vibriert hast, als det Phone jepiepst hat. Und ditte mit dem Verstehen ham ja nu die beeden ooch schon jesacht!"

„Was machen wir nur?", fragte Harley, „Wir müssen unsere Menschen warnen. Aber nur wie? Wir können doch nicht `Menschlich`!"

Ecki, endlich mal ohne eine Nuss im Maul und somit gut zu verstehen, sagte nun auch mal etwas:

„Uns wird schon etwas einfallen, wie wir das vereiteln oder eure Menschen warnen werden. Ihr habt ja gehört…die wollen nächsten Dienstag nochmal die Lage peilen. Also, bleibt uns noch etwas Zeit!"

„Stimmt genau", ich wollte nach Hause… Fußball…"lasst uns eine Nacht darüber schlafen und uns morgen wieder treffen. Was meint ihr?"

Alle waren damit einverstanden. Ich flitzte zum Haus, durch Briefschlitz eins, die Treppe hoch, durch Briefschlitz zwei und…gaaaaanz leise zum Pennhouse. Nachdem ich mich hineingequetscht hatte, hob ich mit dem Eisstiel den Haken in die Öse und alles war, als wäre nichts gewesen. Schnell auf die oberste Etage…in die Decke gewickelt und nun den Blick zum…nein, nicht zum Fernseher. Der war nämlich aus. Mein Menschenvater schaute Fußball in der Woche auf irgend so einem Mini-Fernseher im Bett. Woher ich das weiß? Lange Geschichte…

Nein, Blick zum und durch das Fenster! Denn im gegenüber liegenden Fenster spiegelte sich das TV-Bild unseres Nachbarn nebenan. Und der war Fußballfan…und der hatte auch dieses Bezahl-Fernsehen…und der schaute HSV gegen Werder…. Herrlich, so ein Fußballabend!! Wenn man ihn denn auch erleben würde und nicht so wie ich nach ungefähr 30 Sekunden in einen Tiefschlaf fiel.

Es ist eben so, dass ich frische Luft nicht gewohnt bin.

Am nächsten Morgen erzählte ich Tildi von den Männern und deren Plan, in die Wohnung meiner Katzenfreunde einzubrechen. Sie begann natürlich sofort zu zittern und mit mir zu schimpfen. Was mir denn einfiele, mich mit solchen „Freunden" abzugeben. Mein Argument, dass meine Freunde ja nichts dafür könnten, wenn bei ihnen eingebrochen würde, lies Tildi nicht gelten. Ich konnte es mir also sparen, sie nach einem Rat, geschweige denn Plan, zu fragen, wie wir den Einbruch vereiteln konnten.

Mit meiner Gang war ich so verblieben, dass wir uns abends wieder draußen treffen würden und jeder irgendwie eine Idee hätte, was wir tun könnten. Aus diesen verschiedenen Ideen, würde sich dann ja vielleicht eine umsetzbare entwickeln lassen. Für mich war auf jeden Fall klar, dass wir Schrader und Harley helfen müssten. Was bedeutete, dass wir den Einbruch vereiteln oder zumindest danach aufklären müssten. Und um das machen zu können, mussten wir uns ein Bild von den Räumlichkeiten machen, in denen das Verbrechen stattfinden würde. Bei den Krimis, die ich im Fernsehen immer mit schaue, ist das Verbrechen bereits geschehen und die Täter sind unbekannt. Hier war es umgekehrt: Das Verbrechen lag in der Zukunft und die Täter waren bekannt. Das

Problem hierbei lag einzig und allein darin, dass wir Tiere waren und uns den Menschen nicht mitteilen konnten. Dann wäre der Einbruch schon vorher vereitelt worden. Also musste unsere Gang die Sache selbst in die Hand nehmen. Aber, Leute, mal ganz im Ernst, wie sollen ein Eichhörnchen, zwei Katzen, ein Kranich und ein Frettchen drei Männer überwältigen, fesseln, knebeln und dann der Polizei übergeben? Wie soll das gehen?

Ich war wieder da, wo ich vorhin schon einmal war: wir mussten uns erstmal ein Bild des zukünftigen Tatortes machen. Das bedeutete, alle ausser Krake mussten in die Wohnung, und das am nächsten Dienstag, wenn der nächste Bowling-Abend anstand. Immerhin war das ja schon mal ansatzweise eine Art Plan. Ich war gespannt, was die anderen zu bieten hatten. Das würde ich dann ja nachher hören.

Dachte ich....Was ich aber echt nicht auf dem Schirm hatte… es war Samstag. Samstag bedeutete, dass meine Menschen abends lange vor dem Fernseher saßen und ich keine Chance hatte, mich hinauszustehlen. Oder erst in der Nacht und da war von meiner Gang bestimmt keiner mehr da.

Aber wenn ich ehrlich bin, ist so ein Samstagabend viel gemütlicher.

7. DER TATORT

„Und dann? Wenn ihr bei uns in der Wohnung seid, was wollt ihr dann machen?"

Schrader konnte sich den Sinn nicht erklären, weswegen wir den zukünftigen Tatort inspizieren sollten.

„Dann schauen wir uns um", erwiderte ich. „Es wird uns dann bestimmt etwas einfallen. Oder habt ihr eine bessere Idee? Oder wollt ihr, dass eure Menschen bestohlen und ausgeraubt werden? Und wollt so tun, als wüßtet ihr von nichts?"

Ich entwickelte mich mehr und mehr zu einem weltberühmten Motivator.

„Nein, natürlich nicht. Aber wie soll das gehen und vor allem, wann?" Auch Harley war etwas begriffsstutzig.

„Ganz einfach,", legte nun auch Ecki los, „am nächsten Dienstag, wenn wieder dieser Bowling-Abend ist, haben wir genug Zeit, um uns vor Ort ein Bild zu machen. Und hinein kommen wir ja wohl easy durch eure Katzenklappen, oder? Ausserdem gibt es kaum einen Ort, an den ein Eichhörnchen und ein Frettchen nicht gelangen können. Die finden immer eine Möglichkeit, stimmt's Müller?"

Hätte ich es gekonnt, hätte ich Ecki „Daumen hoch" gezeigt, aber aus anatomischen Gründen zeigte ich ihm nur die ganze Pfote als Zeichen der Zustimmung.

„Und icke steh schmiere, wa?"

Krake stellte wieder seine Flügel auf und sah so wirklich angsteinflößend aus. Wie ein Vampir.

„Und wie wollen wir es dann machen?", fragte Schrader.

Meine Güte, dachte ich mir, was war denn bloß mit den Katzen los? Eine schwerer von Begriff als die Andere…

„Ich erkläre es euch nochmal.", begann ich. „Wir treffen uns am Dienstag Abend hier, wenn eure Menschen…", ich zeigte auf Schrader und Harley, „… weg sind und schleichen uns dann hinüber zu eurem Eingang. Nicht alle gleichzeitig, da die Zusammenstellung unserer Gang vielleicht etwas auffällig ist.

Dann huschen wir bei euch hinein, schauen uns um und schmieden einen Plan. Am Abend darauf treffen wir uns wieder hier und sehen dann weiter. Seid ihr alle damit einverstanden?"

Alle stimmten zu. Mann, war das eine schwere Geburt. Was für ein bekloppter Menschenspruch…

So, alle gingen dann dahin, wohin sie wollten. Für mich war das natürlich zurück in mein gemütliches Pennhouse zu meiner Tildi. Etwas kuscheln, etwas chillen… einfach das Leben genießen. Naja, und müde wurde ich auch schon wieder. Meine Men-

schenmutter Karen sagte neulich: „Müller muss
schon schlafen, wenn er von Raum zu Raum geht!"
Frechheit! Und ich weiss auch gar nicht, wie sie darauf kommt.

Da war er nun, der Dienstag Abend. Und es schien
alles planmäßig zu laufen. Ich stahl mich von zu
Hause weg auf bekannte Weise und huschte hinüber
in den Park. Ich hoffte ja nur, dass alle kamen. Bei
Schrader und Harley hatte ich so meine Zweifel. Die
waren schon ziemlich heftig verpeilt, sodass man
froh sein konnte, dass man sich mit ihnen verständi-
gen konnte. Und wenn ich ehrlich bin, konnte ich mir
nicht vorstellen, dass die beiden Trottel-Katzen Ver-
abredungen einhalten konnten. Dafür hatten sie bestimmt andere Fähigkeiten. Welche? Keine Ahnung.
Aber ich sollte mich täuschen. Alle waren schon da,
außer Krake, der eh immer nur das tat, worauf er
Lust hatte. Was jetzt wiederum ein schlechtes Licht
auf mich warf. Jaaah, ich muss zugeben, ich hatte
etwas größere Probleme beim Wachwerden, aber nun
war ich ja da.
„Hey, Müller, cooool, dass duu daa biiissst...echt,
Maaann!"
Was war denn mit Harley? Letztes Mal musste man
Angst haben, dass sie alles einpinkelt, weil sie so viel
Schiss hatte und heute? Total tiefenentspannt? Und

Schrader? Der lachte nur…so gut Katzen eben lachen können.

Hatten die etwas genommen?

„Hey, Schrader, hey, Harley, was ist los mit euch? Ihr seid so gut gelaunt? Alles in Ordnung?"

Ich schaute zu Ecki, der nur die Augen verdrehte und sich kopfschüttelnd hinter einem Teil des Gebüsches versteckte.

„Ja, klar,", antwortete Schrader, „wir haben heute zu Hause ein neues Katzenfutter bekommen…vielleicht liegt unsere gute Laune daran!"

Mir war es egal.

„Wollen wir los oder sollen wir noch auf Krake warten?" Ich war nervös und wollte, dass es endlich losgeht.

Ecki, ebenfalls freudig erregt, meinte: „Meinetwegen können wir los. Krake brauchen wir erst am Tag X. Heute beim Abchecken der Wohnung kann er uns eh nicht helfen. Daher schlage ich vor, Schrader und ich gehen los und sobald wir drüben sind und die Luft rein ist, kommen Müller und Harley nach, einverstanden?"

„Okay, dann los ihr zwei!"

Ich stellte mich zu Schrader und gemeinsam sahen wir Harley und Ecki nach, wie sie die Strasse überquerten.

Kurze Zeit später erreichten sie das Haus der beiden Katzen. Harley zeigte Ecki die Katzenklappe, hinter der das Eichhörnchen schnell und quirlig verschwand. Harley drehte sich derweil zu uns um und gab uns zu verstehen, dass die Luft rein sei, woraufhin wir uns ebenfalls auf den Weg zum Haus machten. Im Schatten der parkenden Autos gelangten wir ungesehen zum Haus, in das wir ebenfalls durch die Katzenklappe einstiegen.

Im Inneren der Wohnung war es sehr angenehm warm und eine Unzahl an neuen, interessanten Gerüchen strömte auf mich ein.

Ich blickte mich um. Wir befanden uns in einem quadratischen Flur, von dem rechts und links zwei Stufen zu jeweils einer Tür hoch führten.

Schrader wirkte immer noch etwas neben der Spur, schien aber in der Lage zu sein, uns herumführen zu können. Wir alle folgten ihm zur rechten Tür, die uns in eine Art Wohnzimmer führte. An der gegenüberliegenden Wand waren zwei Fenster, die einen Blick in die Seitenstrasse ermöglichten, wenn man denn groß genug war, um hinauszuschauen. In dieser Seitenstrasse würden wohl die Einbrecher ihren Wagen parken und durch diese Fenster beladen. Okay, check, diese Fenster waren also für die Diebe sehr wichtig. Bevor es mit unserer Besichtigungstour weiterging, schaute ich mich um. Nicht das ich die dicke Ahnung hätte, was wertvoll wäre und was nicht, aber, Leute, ihr werdet es nicht glauben, ich kann ein wenig am Geruch erkennen, ob etwas wertvoll ist. Und, ja es hört sich bescheuert an, aber hier roch es wertvoll. Hier standen einige Laptops und Tablets herum, und noch andere Dinge, die ich noch nie gesehen hatte, die aber bestimmt für Einbrecher interessant waren. Okay, check, hier im Wohnzimmer würden die Diebe etwas finden und somit, wenn auch nur wenig, Zeit verbringen.

„Okay,", flüsterte ich zu Schrader, „lass uns weiter!" Warum flüsterte ich? Völliger Blödsinn.

Auf dem Weg zur anderen Tür kamen wir wieder in den Flur und zu den zwei Stufen, die zur Tür in den anderen Raum führten.

„Hier,", Schrader zeigte auf eine Fliese der Stufen, in deren Fuge kein Zement war. „Das ist die Fliese, hinter der der Tresor versteckt ist."

„Na, versteckt ist er jetzt wohl kaum noch. Die Diebe kennen die Fliese, wir kennen die Fliese. Das ist das bekannteste Tresorversteck, das ich kenne!"

Ja, die Situation war ernst, aber ein wenig Spaß musste sein. Und tatsächlich, alle entspannten sich merklich, bis auf Harley. Die war mittlerweile so entspannt, dass sie beinahe pennte. Aber eben nur beinahe…Lest weiter!!

8. TIMING

Harley wusste als Erste, was das Geräusch zu bedeuten hatte.

Das Klacken hörten wir alle gleichzeitig, aber die Reaktionen fielen unterschiedlich aus.

Schrader rief nur: „Das ist das Türschloss!"

Und weg war er. Ja, so richtig weg. Ich hatte keine Ahnung, wo ich ihn hätte suchen sollen, wenn ich es gewollt hätte.

Ebenso Harley. Allerdings verschwand sie spurlos, ohne ein Wort zu sagten.

Ecki schaute mich an, schaute an mir vorbei und rannte, ja rannte, einen Schrank hoch und versteckte sich oben hinter der Blende.

Ich muss zugeben, dass meine Reaktionsgeschwindigkeit in dieser Situation überschaubar war, um nicht zu sagen, dass ich echt lahmarschig war. Jedenfalls stand ich wie erstarrt vor der Tresorfliese und starrte auf die beiden Männer, die ich im Park als Lothar und Erik bereits kennengelernt hatte. Ich konnte es kaum glauben. Der Einbruch fand heute statt, heute!!! Eine Woche zu früh! Warum? War nächste Woche ein wichtiges Champions-League-Spiel? Was soll das?

Nur schwer konnte ich mich aus meiner Starre lösen. Aber als es mir dann doch etwas gelang, sprang ich die eine Stufe hoch und stand wohl im Badezimmer. Gegenüber führte eine Treppe nach oben, aber ich entschied mich für das Badezimmer, da ich diesen Raum als am wenigsten interessant für die Einbrecher empfand. Aber auf der anderen Seite bot das Badezimmer nicht wirklich viele Möglichkeiten, sich zu verstecken. Um ehrlich zu sein, gar keine! Und so verkroch ich mich in einem Stoffbeutel, der herrlich nach alter Wäsche roch. Leute, ist euch schon mal aufgefallen, dass alte Wäsche, die zum Waschen gesammelt wird, immer und überall gleich gut riecht? Eher nicht, oder? Der Geruch ist einfach nur herrlich!

Tja, und wie es so ist, wenn ich schöne Gerüche um mich habe, entspanne ich mich. Und manchmal entspanne ich mich auch etwas zu sehr. Wie auch in diesem Fall. Und dies hatte zur Folge, dass ich wohl kurz eingenickt sein musste. Aber wirklich nur kurz..und auch nicht tief oder fest. Glaub ich zumindest.

Jedenfalls wachte ich wieder auf, als jemand den Stoffbeutel hoch hob und ich im Inneren Richtung Beutelboden rutschte.

„Ich hab hier so einen Wäschebeutel, oder so. Den können wir nehmen.", hörte ich einen der Beiden sagen. Ich vermute, dass es sich um Lothar handelte.

„Da ist noch etwas Wäsche drin, die wir zum Polstern und Packen nehmen können!"

„Cool.", Erik schien oben zu sein.

„Leg den Beutel im Wohnzimmer auf die Couch. Da packen wir ihn voll und von da können wir ihn rüber zu Vincent ins Auto geben, ohne dass wir gesehen werden!"

Das war ein Geschaukel. Ich sag's euch. Wäre die Situation nicht so ernst gewesen, hätte ich sogar Spaß gehabt. Und würde Lothar mich nicht an jede Ecke stoßen. Blödmann!

Schließlich landete ich auf der Couch, im wahrsten Sinne des Wortes. Die Schritte entfernten sich langsam. Ja, in der Tat, hektisch waren die Beiden in keinster Weise. Im Gegenteil, die beiden waren sich ihrer Sache sehr sicher und hatten die Ruhe weg.

Ich versuchte aus dem Beutel zu schlüpfen, in dem ich meine Nase durch die Öffnung steckte. Der Versuch, mich herauszudrücken scheiterte, da der Gummizug des Beutels zu stramm zugezogen war. Ich war also tatsächlich in einem Stoffbeutel gefangen. Ich! Das gefährliche Frettchen, das Kaninchen jagt und in einem Stück verspeist. Naja, das war etwas übertrieben. Aber ein Frettchen gefangen in einem Stoffbeutel, wie peinlich. Hey, Leute, erzählt das bitte nicht weiter, okay?

Die Schritte näherten sich wieder und da waren sie wieder…meine Vibrations. Irgendein Mobiltelefon in meiner Nähe wurde angerufen. Es kitzelte und mein Hintern zuckte. Ob man das wohl sehen konnte, wenn man auf den Beutel schaute?

„Hallo!?"

Aha, es war das Mobiltelefon von Lothar. Er fuhr fort:

„Wir sammeln gerade die Sache zusammen und legen die an das Fenster, an dem du gleich mit dem Wagen anhältst. Wann bist du da?"

Der Anrufer, wahrscheinlich Vincent schien etwas zu sagen, denn kurze Zeit später sagte Lothar:

„Ok, bis gleich!"

Das Telefonat war beendet.

Mein Körper entspannte sich.

„Erik!" rief Lothar. „Mach hin! Der Transporter ist gleich da!"

Kurze Zeit später kam der zweite Einbrecher.

Sie öffneten das Fenster und sprachen mit einem weiteren Mann, dessen Stimme ich aber nicht kannte. Ich vermute mal, dass es sich um Vincent handeln musste.

Also, Leute, ich weiss ja nicht, wie ihr das seht, aber langsam wurde die Situation für mich echt brenzlig. Wenn ich mich nicht bald befreien konnte, dann…

Zu spät! Der Beutel, in dem ich mich befand, wurde hoch gehoben und auf einmal hatte ich das Gefühl zu fliegen. Aber nur kurz. Dann wurde der Beutel samt seines wertvollen Inhaltes, nämlich mich, gefangen und auf irgendetwas Hartes geworfen. Glücklicherweise landete ich innerhalb des Beutels auf etwas, das in einem Handtuch eingewickelt war. Immerhin, Glück im Unglück. So ein Quatsch… Glück…Ich wurde entführt! Ich komme nie wieder zurück zu meinen Menschen und nie wieder zu meiner Tildi. Dann ist sie eben zickig und nicht sehr intelligent, aber wir gehören doch zusammen. Hiiillfeee!!

Wo waren Ecki, Schrader und Harley? Die konnten mich doch nicht so einfach aufgeben?

Scheinbar schon. Denn im nächsten Augenblick wurde eine Art Schiebetür bewegt und das etwas Licht, dass durch den Stoff des Beutels schien, war auf einmal weg. Weiter hörte ich, wie Erik und Lothar ins Auto stiegen und der Motor gestartet wurde. Einen Augenblick später setzte sich das Fahrzeug in Bewegung. Das Fahrgeräusch und das sanfte Schaukeln, das der Wagen während der Fahrt erzeugte, beruhigte mich zunehmend…und ich schlief ein.

Ich weiß nicht, wie lange ich geschlafen habe, aber als ich wieder aufwachte, stand der Wagen. Der Motor war aus und die Tür war wieder offen, sodass ich wieder etwas sehen konnte.

Die drei Einbrecher räumten das Diebesgut aus dem Wagen. Jetzt war auch ich an der Reihe. Irgendwie brachte man mich in einen Raum und legte mich unsanft auf den Boden. Schritte entfernten sich, das

Licht wurde gelöscht und eine Tür fiel in ein Schloss. Dann war Ruhe und Dunkelheit.

Leute, ich sag's euch, wie es ist…erst wurde ich entführt und nun bin ich auch ein Gefangener in einem dunklen, kalten Raum. Was habe ich nur verbrochen? Aber das ist ja bekanntlich das Schicksal der neugierigen Frettchen. Wir begeben uns, ohne viel nachzudenken, in Gefahr, ja manchmal sogar in Lebensgefahr. Und viel zu selten haben wir einen Plan B, um aus der Sache herauszukommen.

So wie auch ich in dieser Situation absolut keinen Plan hatte. Was ich hatte, war ein unbändiger Hunger, wie ich ihn noch nie zuvor verspürt habe.

Ich will nach Hause…

9. GEFANGENSCHAFT

Irgendwann bin ich aufgewacht. Scheinbar habe ich mich im Schlaf dermaßen gewälzt und gedreht, dass meine linke Vorderpfote den Gummizug des Beutels gelockert hatte. Jedenfalls war die Öffnung jetzt groß genug, dass ich meinen Kopf hindurch stecken konnte. Und alle kennen die Frettchenweisheit Nummer eins:

„Passt ein Frettchenkopf hindurch, schafft er es ganz, fast wie ein Lurch."
 Und genau das tat ich nun. Ich versuchte mich aus diesem Beutel herauszuschälen, was mir auch nach und nach gelang. Der Gummizug war schon auf mittlerer Höhe meines trainierten Sixpacks, als es passierte…
Die Tür wurde aufgeschlossen, geöffnet und das Licht wurde eingeschaltet. Tja, und da lag ich nun… schön zentral im Raum, halb aus einem Beutel heraus schauend, also quasi ziemlich bewegungsunfähig. Ich gebe zu, ich muss ein ziemlich blödes Bild abgegeben haben. Jedenfalls trat ein Mann in den Raum, den ich nicht kannte, vermutlich also Vincent. Ich erstarrte in der sinnlosen Hoffnung, dass man mich nicht erblickte.
Vergebens.

„Wen haben wir denn da?"

Wieder mal diese typische Babysprache, die Menschen an den Tag legen, wenn sie mit einem überaus hübschen und niedlichen Tier reden.

Vincent fuhr fort: „Du bist ja ein kerniges Kerlchen. Wie bist Du denn hier herein geraten? Haben wir dich aus Versehen mit eingepackt?"

Er bückte sich und hob mich aus dem Beutel. Ich ließ es mit mir machen, in der Hoffnung, das Zutrauen des Menschen zu gewinnen. Merkt ihr, Leute? Es geht auch umgekehrt. Und wer weiß, wofür ich das noch gebrauchen konnte.

„Was ist das denn?" Das musste Erik sein.

„Das müsst ihr doch wissen. Ihr habt dieses Vieh doch mitgebracht!"

Hat der gerade „Vieh" gesagt?

„Echt?" Erik lachte auf.

„Lothar! Komm mal her! Das musst du dir anschauen!"

Es näherten sich Schritte.

„Ein Nerz, oder so!"

Du bist auch ein „Nerzoderso!", Spinner!

„Wollen wir den behalten?", fragte Erik

Mir rutschte das Herz in meine nicht vorhandene Hose.

„Warum nicht? Einen kleinen Käfig haben wir noch nebenan. Ein paar Lappen und etwas Stroh und schon hat der kleine Kerl ein neues Zuhause! Was der

wohl frisst? Wollen wir es mal mit Katzenfutter aus-
probieren?"

Du hast sie ja wohl nicht mehr alle, oder was? Ich
hasse Katzenfutter!! Und Stroh? Das piekt doch und
stinkt.

In dem Moment passierte es wieder…meine Vibrations…

Vincent, der mich noch immer auf dem Arm hielt,
merkte es natürlich auch.

„Was hast Du denn? Ist dir etwa kalt?"

Gut, immerhin ist er nicht mißtrauisch geworden.

Tatsächlich trug er mich hinaus in den Raum nebenan und setzte mich in eine Art Käfig. Ja, eine Art…
geht ja gar nicht. Jetzt wusste ich, wie sich Goldfische
fühlten, die in einem kleinen Aquarium nur kurze
Bahnen hin und her schwimmen konnten. Ich konnte
vielleicht von der Mitte fünf Schritte nach links und
auch nach rechts machen. Und wo waren die Lappen? Und wo das piekende, stinkende Stroh?

Endlich ließen die nervigen Vibrationen nach.

„Jetzt brauchst du ja nur noch einen Namen, mein
Kleiner!"

Lothar kam in den Raum hinterher.

„Stimmt! Was hältst du von Freddy?!"

Freddy? Ist das die Abkürzung für Fridolin?

„Klingt gut." sagte Vincent. „Gefällt dir der Name
auch, Freddy?" Naja, im Ernst, es gibt schlimmere
Namen…wie zum Beispiel Horst oder Richard..haha!

Nee, wirklich, Freddy ist ok! Aber vielleicht sollte meinen drei Deppen mal jemand erklären, dass ich ein Frettchen bin und kein Nerz. Dann würde der Name nämlich richtig Sinn machen.

„Wir besorgen dir jetzt erstmal Futter und Tücher, damit du dich schnell heimisch fühlst."

Vincent und Lothar verließen den Raum, schlossen die Tür und löschten das Licht.

Ha, es war aber nicht ganz dunkel, da an der mir gegenüberliegenden Wand ein Fenster war, durch das sogar etwas Sonnenlicht fiel.

Echt? War schon der nächste Tag angebrochen? Als ich verschleppt wurde, war es doch abends und schon dunkel. Wie lange war ich denn schon von Zuhause weg?

Was wohl meine Menschen dachten? Die waren bestimmt schon ganz krank vor Sorge. Oder nicht? Konnte es nicht auch möglich sein, dass es ihnen egal war? Nein, auf keinen Fall. Dazu war ich viel zu cool und zu süß! Aber wie sollten die mich denn finden? Sicherlich würden sie die nähere Umgebung, Seitenstraßen und den Park, absuchen. Aber dass ich von Einbrechern verschleppt wurde, die in der Nachbarschaft eingebrochen waren...tja, da kommt keiner drauf. Wer entführt schon Frettchen?

Die Tür wurde geöffnet und Vincent betrat den Raum. In den Händen hielt er Decken, Tücher, ein Katzenklo, Näpfe und Packungen mit Katzenfutter.

Lothar kam dazu, öffnete den Käfig, in dem ich mich befand, und nahm mich auf den Arm, damit Vincent in der Zwischenzeit mein neues Heim einrichten konnte. Nachdem das erledigt war, setzte mich Lothar zurück in den Käfig. Da das Katzenklo ungefähr die Hälfte der Grundfläche einnahm, konnte ich mich nun fast gar nicht mehr bewegen.

„So, Freddy, dann leb dich mal ein. Wir schauen morgen wieder nach dir."

Beide verließen den Raum und kurze Zeit später hörte ich ein Auto starten und wegfahren.

Ich schnupperte an dem Katzenfutter. Nicht mein Fall...ganz und gar nicht. Aber ich musste bei Kräften bleiben und beschloß daher, das Napf komplett leer zu fressen. Und wie es bei mir eben so ist, folgt nach satt müde. Ich versuchte, es mir einigermaßen gemütlich zu machen, was aber kaum möglich war, da die Tücher und Decken stanken und das Stroh mich piekte.

Aber irgendwann habe ich dann doch eine einigermaßen bequeme Position gefunden und beim Gedanken, mit Tildi zu kuscheln, schlief ich schließlich ein.

10. EINE VERBÜNDETE

„Hallo!"

„Tildi, bist du es?"

Ich wälzte mich um meine eigene Achse, um zu Tildi zu gelangen, aber ich wurde unsanft von einem Schlag gegen meinen Kopf geweckt. Und schneller als mir lieb war, wußte ich auch wieder, wo ich war. Und die Stimme? Woher kam die Stimme und viel wichtiger...wem gehörte sie?

Ich öffnete mein linkes, dann mein rechtes Auge und blickte in die Dunkelheit. Aha, es war also dunkel. Ich habe also mehrere Stunden geschlafen. Wie spät es war, geschweige denn, welcher Tag...keinen Schimmer.

„Hallo!", erklang es erneut aus der Dunkelheit.

Ich blinzelte und erkannte ein kleines Wesen, das vor meinem Käfig saß und zu mir hoch blickte.

„Hallo!", erwiderte ich. „Wer bist du?"

„Eine Maus.", antwortete die piepsige Stimme.

„Und wie heißt du?"

„Das habe ich vergessen. Und Du?"

„...Ähm...Fre...Müller...nenn mich einfach Müller!" Da kommt man ja völlig durcheinander mit zwei verschiedenen Namen.

Die Maus fragte weiter. „Was machst du hier? Ich habe dich noch nie gesehen. Bis du ein Bär?"

Also, Leute, ich weiß ja nicht, wie ihr das seht, aber ich hatte so ein wenig das Gefühl, dass die Maus nicht besonders helle war. Mal abwarten…

„Nein, kein Bär, ich bin ein Frettchen! Und um auf deine zweite Frage zu antworten. Ich bin hier gefangen, nachdem ich entführt wurde."

„Wer hat dich entführt?", wollte die Maus wissen.

„Die Männer, die hier heute waren und bestimmt bald wieder kommen. Wohnen die hier?"

„Kann schon sein!"

Wie ‚kann schon sein'? Das muss die doch wissen. Mein Verdacht wurde konkreter. Bei der Maus war zwar Licht an, aber keiner zu Hause. Leute, ihr wisst, was ich meine, oder?

„Bist du ein Bär?"

Ja, jetzt war alles klar. Diese Maus war hochgradig verblödet.

„Du musst mir helfen, hier herauszukommen, Maus!"

„Heisse ich ‚Maus'?", fragte die Maus.

„Das ist doch jetzt egal. Hilf mir aus dem Käfig und aus dem Gebäude heraus. Ich verspreche Dir, dass ich dich mitnehmen und meinen Freunden vorstellen werde!"

Was redete ich da? Ich hatte keine Ahnung, wie die Maus das alles machen sollte. Käfig auf, und schließlich aus dem Raum hinaus. Aber was viel spannender war…selbst wenn wir es geschafft haben sollten, das Haus zu verlassen, wie kämen wir dann nach Hause? Aber ich entschied mich, es darauf ankommen zu lassen. Erst wollte ich aus dem Käfig heraus, dann aus dem Haus und dann mal sehen. Wer wußte schon, wo die Reise hinging!

„Also,", begann ich, „du wirst ja hier irgendwo wohnen, also schlafen und so. Und diesen Ort kannst du durch ein Loch in der Wand erreichen. Ist das so?"

„Ja, das stimmt. Da vorn!"

Die Maus drehte sich etwas von mir weg und schaute in die Ecke neben meinem Käfig.

„Wo führt das Loch denn hin? Und passe ich da hinein?"

„Das weiß ich nicht.", erwiderte die Maus.

Langsam wurde ich nervös und ungeduldig, denn so richtig weiter kamen wir nicht.

„Fangen wir anders an.", fing ich erneut an. „Kannst du mich hier aus dem Käfig befreien, in dem du die Verriegelung der Tür löst?"

„Das weiß ich nicht.", sagte die Maus erneut.

Puuuuuuh, ruhig bleiben, dachte ich mir. Ganz ruhig.

„Komm etwas näher, dann zeige und erkläre es dir, wie wir mich hier herausbekommen können, okay?"

Ich war ganz ruhig.

„Und was ist, wenn ich dich gar nicht befreien möchte?"

Diese monotone, ja fast gelangweilte Stimme der Maus begann langsam, meine Nerven zu zernagen.

Tja, sie ist eben ein Nager...

„Das solltest Du aber. Ich habe dir vorhin erzählt, dass ich dich dorthin mitnehmen kann, von wo ich herkomme. Und da wartet ein besseres Leben auf Dich!"

Tja, nun machte sich das ständige Schnulzen-TV bezahlt.

„Meinst Du wirklich? Sind da auch andere Mäuse?"

Da wurde jemand neugierig.

„Na klar!"

Ich hatte sie fast.

„Okay, ich bin dabei!"

Ich hatte sie!

Nun erklärte ich ihr, wie sie den Verschluss meiner Käfigtür öffnen sollte und, oh Wunder, Maus hat es auf Anhieb verstanden und schon stand ich mitten im Raum.

„Danke.", sagte ich. „Das hast du ganz toll gemacht!"

„Kein Problem.", antwortete der kleine Nager, als hätte sie schon Hunderte solcher Käfige geöffnet.

Jetzt musste ich hier nur noch herauskommen, oder besser gesagt wir.

Ich begann also, nach einem Ausgang zu suchen. Das tat ich, indem ich die Wände nach einem Luftzug absuchte. Aber bis auf die Öffnung, durch die nur die

Maus passte, konnte ich nichts finden. Auch die Tür war fest verschlossen.

„Was machst Du?", fragte mich die Maus.

„Ich suche nach einer Möglichkeit, hier herauszukommen."

Was dachte sie denn, was ich hier machte? Ein kleines Workout nach einigen Stunden in dem engen Käfig?

„Ich kenne einen Ausgang."

Und schon wieder dieser leicht gelangweilte Ton, der einem vermittelte, dass man nicht ganz dicht wäre.

„Wie? Du kennst einen Ausweg?" Ich war schon leicht gereizt.

„Klar! Ich muss ja auch mal raus, um mir Futter zu suchen!"

„Und wo ist dieser Ausweg?"

Tief durchatmen und nicht durchdrehen.

„Da in der Mitte!" Die Maus zeigte auf einen Abfluss in der Mitte des Fußbodens, der mit einer gelochten Metallplatte abgedeckt war.

Sie fuhr fort:" Die Platte kann ich abnehmen. Darunter ist dann ein breites Rohr. Da passt Du bestimmt auch hinein, auch wenn Du ein breiter Bär bist!"

Meinetwegen war ich auch ein Bär, wenn es sie glücklich machte.

„Und wo führt das Rohr hin?" Ich war die Ruhe selbst, auch wenn ich große Lust verspürte, meinem

Instinkt freien Lauf zu lassen und die Maus aufzu-
fressen.

„In mehrere Richtungen. Da kommen ganz viele
Rohre in das eine. Und dann geht man immer weiter.
Bis man dann draußen ist. Manchmal kommt von
hinten Wasser, oder sowas. Das gibt einem dann
noch Anschwung und man ist noch schneller draußen!"

Wasser? Ich hasse Wasser. Aber was tut man nicht
alles, um sich zu befreien, oder, Leute?

Und mit meinem neuen Freund, Maus, würde ich
noch richtig Spaß haben, oder was meint ihr?
Freund? Freundin? Männlich, weiblich, divers? Ich
frag sie oder ihn lieber nicht…Das könnte peinlich
werden.

11. DIE FLUCHT

Auch wenn Maus einen ziemlich einfältigen Eindruck auf mich gemacht hatte, war sie auf irgendeine Art und Weise clever. Das zeigte sie, als sie die Käfigtür innerhalb von Sekunden geöffnet hatte und auch jetzt hob sie sehr geschickt die gelochte Abdeckung des Abflusses.

„Auf geht's!"

Sie sprach es aus und schon sprang sie in das Abflussrohr. Ich hörte nur ein schnell leiser werdendes „Yiiiiieeeeeepppiiieeehhhhh!!", und dann…Stille.

Leute, ich gebe es zu. Mir war ganz schön mulmig zumute. Man hätte auch sagen können: Ich hatte Schiss!!

Aber was soll's. Ich war gefangen und hatte hier die Möglichkeit, herauszukommen.

Also, los! Ich steckte meinen Kopf in das Rohr und roch hinein.

Es roch nicht schlecht und mein Kopf hatte genug Platz.

Ich machte einen Schritt vorwärts und da passierte, was passieren musste…ich rutschte mit meinen Pfoten auf dem glatten Boden aus und rutschte in das Rohr hinein.

Erst ging es steil bergab, dann in verschiedenen Kurven hin und her, bis es schließlich flacher und ich langsamer wurde.

Als ich endlich anhielt, musste ich zu meiner Schande gestehen, dass mir diese Abfahrt viel Spaß gemacht hatte.

Also, wenn ich gekonnt und gedurft hätte…

Nein, ich musste mich weiter um meine Freiheit kümmern.

Ich folgte nun weiter dem Verlauf des Rohres, bis ich an eine Abzweigung kam. Halb links und halb rechts führte das Rohr weiter. Führten beide Richtungen nach draußen? Das konnte ich mir nicht vorstellen, denn dann hätte man ja keine Abzweigung benötigt.

Leute, ihr merkt, mein gestochen scharfer Verstand funktionierte auch in absoluten Stress-Sitiuationen.

„Hallo!?"

Wo war bloß diese Maus?

„Hallo, Maus, wo bist du denn?"

Nichts.

„Ich steh hier an einer Abzweigung und weiss nicht, welches der beiden Rohre ich nehmen soll. Welches hast Du denn genommen?"

Ich befürchtete, dass, selbst wenn Maus mich gehört hätte, sie mir nicht hätte sagen können, ob sie das linke oder das rechte Rohr genommen hatte. Ich würde es nie erfahren, denn sie antwortete nicht. Okay, also musste ich eine Entscheidung treffen.

Rechts…oder links. Ich nehme links…nein, doch nicht…lieber rechts…

Auf einmal begann es unheimlich laut zu dröhnen und zu rauschen. Das Rohr begann zu vibrieren und wackeln. Das Dröhnen wurde zu einem Tosen. Als ich schließlich erkannte, was da auf mich zukam, war es schon zu spät.

Wassermassen rissen mich von den Pfoten und nahmen mir die Entscheidung ab, ob das rechte oder das linke Rohr. Ich wußte nicht, in welches, jedenfalls war ich im Wasser gefangen, das mich mit Höchstgeschwindigkeit durch die Rohre presste. Ich hatte mit dem Leben schon abgeschlossen und war mir im Klaren, in einem Abflussrohr jämmerlich zu ertrinken, als ich auf einmal im freien Fall war. Kurze Zeit später stürzte ich in einen breiten Fluß. Ich weiß nicht, wie lange ich unter Wasser war, jedenfalls als ich wieder Luft holen konnte, stieß ich an etwas Hartes. Es war scheinbar ein kleiner Gummireifen. Wie auch immer und mir auch völlig egal, krallte ich mich daran fest und zog mich bis auf den breiten Rand hinauf.

Puh, erstmal war ich in Sicherheit. Ich bemühte mich, eine stabile Position zu finden, damit ich nicht wieder ins Wasser fiel. Nachdem ich das geschafft hatte, konnte ich mich endlich mit meiner Umgebung befassen. Das Erste, was mir auffiel und mir fast die Sinne geraubt hatte, war der Gestank. Es stank dermaßen, dass mir die Tränen kamen und ich Angst haben musste, dass mir das Fell vom Körper gebrannt wurde. Ich mußte in einen Abwasserkanal gestürzt sein. Da ich komplett nass war, stank mein Fell natürlich auch. Oh nein, mein schönes Fell. Für immer verunstaltet…

Ausserdem bin ich das am meisten wasserscheue Frettchen, das es gibt. Aber dazu später mehr. Jetzt ist hier erstmal ordentlich Stress angesagt!

Erst jetzt merkte ich, dass ich auf dem Reifen in einer hohen Geschwindigkeit durch den Kanal jagte. Ich schaute nach vorn, um vielleicht erkennen zu können, wo die Reise hinging, aber ich konnte nichts erkennen. Scheinbar war dieser Reifen, auf dem ich mich befand, sehr leicht, sodass ich alles andere überholte, was so in dem Kanal schwamm und in Richtung - ja, wohin eigentlich? - unterwegs war. Egal, ob Becher, Flaschen, Dosen oder anderer Abfall, ich war schneller. Ich war auch schneller, als eine Holzplanke, auf der ein kleines Wesen kauerte. Das musste Maus sein.

„Hey, Maus!", rief ich laut, während ich der Planke immer näher kam.

Maus drehte leicht den Kopf in meine Richtung. Dann aber schnell wieder nach vorn. Maus musste unheimliche Angst haben.

Und wer würde wieder der Retter in der Not sein? Ich, Super-Müller, natürlich. Operation Mausrettung begann. Auch wenn ich mir geschworen hatte, es nie wieder zu tun, tat ich es dennoch.

Ich steckte meine linke Pfote in das stinkende Wasser, um so die Richtung des Reifens kontrollieren zu können. Ich tat dies so lange, bis ich sicher war, dass ich mit dem Reifen direkt in Richtung Planke schwamm. Dort angekommen, machte ich mich lang und packte die Maus mit meinem starken Gebiss im Nacken und hob sie zu mir herüber. Dies alles geschah auch keine Sekunde zu früh, denn in diesem Augenblick wurde die Planke von einem Mauervorsprung aus der Bahn geworfen und kippte um.

„Das war knapp!", sagte ich und schaute zu meinem neuen Mitfahrer.

Maus zitterte und war völlig mit den Nerven am Ende.

Ein leises „Danke!", war das Einzige, was sie hervorbrachte.

„Beruhige dich erstmal. Ich kümmere mich darum, dass wir nicht irgendwo hängenbleiben, oder gar kentern!"

Maus nickte nur, kauerte sich zusammen und begann sich zu säubern.

Ich hingegen war hellwach und aufmerksam. Der Bereich rechts und links vor unserem Reifen war unter meiner ständigen Beobachtung und ich war jederzeit bereit, meine Pfote wieder ins Wasser zu stecken, um einen nötigen Richtungswechsel durchzuführen.

So schwammen wir minutenlang - oder waren es Stunden?- mit der reissenden Strömung.

Aber wohin schwammen wir? Das war die große Frage. Würden wir je das Tageslicht wieder sehen? Waren wir für immer in der Unterwelt gefangen? Trotz der misslichen Lage, in der wir steckten, musste ich innerlich grinsen. Was ich doch so alles gelernt hatte, bei meinen heimlichen TV-Abenden im Pennhouse. 'Tageslicht wieder sehen', oder ‚Unterwelt', herrlich dramatisch, oder was meint ihr, Leute?

Während ich in Erinnerungen an mein schönes, warmes Pennhouse schwelgte, erblickte ich sehr weit vorn einen hellen Punkt. War es das, was ich dachte, oder war meine Wahrnehmung gestört? Ich blickte weiter zu dem Punkt, der tatsächlich immer größer wurde. Nun war ich mir sicher. Es war Tageslicht und wir näherten uns mit großer Geschwindigkeit dem Ende des Tunnels.

Mein ängstlicher Begleiter musste es ebenfalls bemerkt haben, denn auf einmal stand die Maus neben mir.

„Da vorn geht's raus, oder?"

„Ganz genau", antwortete ich und merkte mit großer Besorgnis, dass unser Reifen an Geschwindigkeit zunahm.

12. TAGESLICHT

Kurze Zeit später erreichten wir in einem Tempo, dass uns die Augen tränten, das Ende des Unterwassertunnels. Wir stürzten samt Reifen einige Meter in die Tiefe und landeten erneut in tiefem Wasser, welches allerdings kaum Strömung hatte. Wir tauchten nebeneinander wieder auf und schwammen an das nahe gelegene Ufer. Nachdem wir an Land geklettert waren, suchten wir uns ein Gebüsch, in dessen Schutz wir erstmal zu uns kommen wollten.

Maus und ich, jeder war erst einmal mit sich selbst beschäftigt. Saubermachen, ‚kurz verschwinden‘, Fell trocken reiben, all das erledigte jeder von uns, ohne den anderen zu beachten oder zu stören.

Seit ich Maus auf den Reifen gehoben hatte, bis jetzt, hatte ich nicht mehr das Gefühl, dass sie komplett verblödet wäre. Das kann aber auch damit zusammen hängen, dass wir beide uns von unserem Instinkt haben lenken lassen und nichts der Intelligenz, ob sie nun vorhanden war, oder nicht, überlassen hatten.

Ich machte den Vorschlag, dass wir uns hier in dem Gebüsch erstmal ein Lager einrichteten. Es machte keinen Sinn, jetzt in irgendeine Richtung aufzubrechen, ohne zu wissen, wohin sie führte. Ausserdem dämmerte es bereits.

Ich begann also Gras und kleine Äste zu sammeln, während sich Maus auf die Suche nach etwas Fressbaren machte, wie Beeren oder Nüsse. Jedenfalls hatte ich nicht das Gefühl, dass ich satt werden würde. Das Katzenfutter bei meinen Entführern war schon eine Zumutung. Aber hätte ich ahnen können, dass ich als Raubtier nun auf vegetarische Ernährung zurückgreifen musste?

Als ich gegenüber Maus erwähnte, dass ich ein Fleischfresser sei, antwortete sie: „Du bist doch ein Bär. Dann geh doch auf die Jagd!"

„Ich bin kein Bär und jagen kann ich auch nicht!"

Woher sollte ich das auch können? Seitdem ich festes Fressen zu mir nehmen kann, wurde es mir von Menschen vorgesetzt. Und das auch noch klein geschnitten. Das Einzige, das ich jage, sind irgendwelche Bälle oder Korken, die an langen Bändern angebunden sind. Mir macht das Spaß und die Menschen finden es lustig. Also haben alle etwas davon. Aber von einem Jagdtrieb kann da nicht die Rede sein.

Ich erklärte das Maus so gut es ging.

„Ok,", sagte sie schließlich. „Dann sammele ich für dich mit."

Wir verließen unser Gebüsch in unterschiedliche Richtungen. Ich ging in Richtung einer Wiese und begann dort das Gras abzurupfen. Das gelang mir ausgesprochen gut und schon nach kurzer Zeit hatte ich eine ganze Menge „Lagerpolsterung" angehäuft.

Ich nahm einen ordentlichen Batzen in mein Maul und machte mich auf den Weg. Aber wohin? Ich stand auf der Wiese und drehte mich im Kreis. Jedes Gebüsch am Rand der Wiese sah absolut gleich aus und ich hatte keine Ahnung, in welchem sich das Lager von Maus und mir befand.

Das ist das Problem von uns Frettchen. Wir haben keinen Orientierungssinn. Übertrieben dargestellt: Wir können 20 Meter auf freier Fläche geradeaus gehen, und würden den Startpunkt nicht mehr wieder finden. Das war mir so nicht bewußt, als ich mich auf den Weg machte, um Gras und Pflanzen für das Lager zu suchen. Maus und ich hätten gemeinsam auf die Suche nach Futter und Polsterung gehen sollen.

Jetzt blieb mir nichts anderes übrig, als bei irgendeinem Gebüsch anzufangen, um dort nach unserem Lager zu suchen.

Und bei meinem Glück, würde meine Suche erst im letzten Gebüsch belohnt werden.

„Hey, Müller!"

Täuschte ich mich, oder rief da eine leise, piepsige Stimme meinen Namen.

„Hier bin ich!"

Schon wieder die Stimme.

Sehen konnte ich nichts, aber ich lief in die Richtung, in der ich die Stimme vermutete. Kurze Zeit später erreichte ich unser Gebüsch. Maus saß dort und nagte an einer Art Nuss.

„Na?", fragte sie, „auch schon da?"

Ich erklärte ihr, dass Orientierung nicht gerade zu den stärksten Eigenschaften der Frettchen gehörte und bat sie, mich zu der Stelle zu begleiten, an der ich das Gras herausgerupft hatte.

Nachdem wir den Weg zweimal zurückgelegt hatten, war unser Lager mit weichem Gras und Pflanzen ausgestattet.

Ich aß etwas von den Beeren und Nüssen, die Maus gesammelt hatte, und ich musste zugeben, dass es mir geschmeckt hatte. Vielleicht war es auch der Hunger, der es mir hineintrieb, wie auch immer, ich aß soviel, bis ich satt war.

Und was kommt nach satt? Genau...müde!

Maus und ich vereinbarten, dass wir abwechselnd schlafen und Wache halten würden, und dass ich die erste Runde schlafen durfte. Wir hatten es kaum ausgesprochen, da war ich auch schon eingeschlafen.

Ich hatte keine Ahnung, wie lange ich geschlafen hatte. Jedenfalls schreckte ich aus dem Schlaf, als ganz in der Nähe unseres Lagers ein lautes Knacken zu vernehmen war. Ich blickte mich um und sah Maus unter einem Grasbüschel auf dem Rücken liegen.

‚Oh, nein!', dachte ich, ‚Maus wurde umgebracht!'Ich sprang zu ihr und stupste sie mit meiner Nase an.

Maus zuckte zusammen, sprang auf und lief hinter einen dünnen Stamm, um dort Schutz zu suchen.

„Hey, Maus, ich bin es. Du brauchst keine Angst zu haben!"

Ich sah, wie der kleine Mäusekopf hinter dem Stamm hervorblickte. Als sie mich erkannte, kam sie hinter ihrem Schutz hervor.

„Tut mir leid!", begann sie ganz kleinlaut. „Ich bin auch eingeschlafen. Das Ganze war wohl doch etwas zu aufregend für mich. Da bin ich beim Essen eingeschlafen und umgefallen!"

„Ist jetzt ja nicht so schlimm.", erwiderte ich. „Wir wurden ja weder entführt, noch gefressen."

Oh, Mann, wo war ich da nur hinein geraten? Vor Kurzem lag ich noch warm und wohl behütet in meinem Pennhouse bei meiner Tildi. Und jetzt? Jetzt war ich froh, dass ich nicht entführt und gefressen wurde. Unglaublich!

Ich begann zu flüstern: „Ich bin durch ein sehr lautes Knacken wach geworden. Als wäre ein Ast gebrochen, oder so. Hast du nichts gehört?"

„Nein. Ich bin erst durch dich aufgewacht. Wollen wir mal nachschauen gehen?"

„Ok.", sagte ich. „Aber leise und langsam!"

Schleichend erreichten wir den Rand des Gebüsches, als eine mir bekannte Stimme erklang.

Na, Leute, habt ihr eine Idee? Nein? Lest weiter!

13. EIN BEKANNTER

„Na, ihr Zwee! Wat macht die Kunst?"

Ich blieb sofort stehen und schaute nach oben, woher die Stimme erklang. Und tatsächlich, da saß Krake auf einem dicken Ast. Er hatte sich so platziert, dass man ihn nicht sofort erblicken konnte. Für Maus und mich war er jedoch gut erkennbar.

„Krake, was machst Du denn hier?"

Ich war zum Einen völlig überrascht und zum Anderen natürlich froh, einen alten Bekannten zu erblicken. So weit weg von zu Hause. Oder war ich gar nicht so weit weg? Keine Ahnung…ich und meine Orientierung!

Krake begann zu erzählen: „Als Harley, Schrader, Ecki und Du in die Wohnung der Katzen jeschlichen seid, um die Lage für den bevorstehenden Einbruch zu peilen, bin ick ja zu spät jekommen. Allerdings nicht janz zu spät. Immerhin noch rechtzeitig, um zu erblicken, wie een son sich bewejendes Bündel von den Einbrechern mit dem Diebesgut zusammen verladen wurde, wa? Könnta mir folgen?"

Krake schaute vor allem Maus an.

Ich stellte die beiden einander vor und erklärte meinem neuen, kleinen Freund, wer Krake und die anderen waren. Dann bat ich Krake, fortzufahren.

„Ick hab da son Riecher für, wenn irgendwat nich stimmt."

Er begann mit den Flügeln zu schlagen und ließ sich zu uns nach unten halb fallen, halb gleiten und landete auf dem Rücken. Es sah sehr lustig und überhaupt nicht elegant aus.

Zu Maus gewandt sagte er: „Ick bin mehr so een Langstrecken-Hochgeschwindigkeits-Flieger, als son kleener Mauersegler, weeste?"

Er schlug mit den Flügeln, um den Staub loszuwerden.

„Naja, wie jesacht, meen Riecher…also, mir war et sehr verdächtig, wat die Jungs da verladen. Also, hab ick mir nischt dabei jedacht, und bin dem Transporter der Einbrecher hinterher jeflogen. Ick hatte keene Ahnung, wohin die Reise ging. Aber wäre ick nicht zu spät jekommen und hätte Schmiere jestanden, wäre ooch niemand verschleppt worden. Also musste ick die Sache ooch wieder gerade biegen, wa?"

Maus starrte Krake an und war von der Geschichte völlig in den Bann gezogen worden.

„Nach ner janzen Zeit fliegen, stoppte der Transporter an dem Haus dahinten."

Krake zeigte in eine Richtung, in der ich aber nichts sehen konnte. Aus der Vogelperspektive hat man auf jeden Fall die bessere Übersicht.

„Ick setzte mich in einiger Entfernung oof eenen Sims und beobachtete dat Jeschehen erstmal aus der

Ferne. Ick konnte ooch sehen, wie Futter, Stroh und Decken jeholt wurden. Da wurde mir schnell klar, dass eener von meenen Kumpels hier jefangen jehalten wurde. Ick beschloss also abzuwarten, und auf eine passende Jelegenheit zu warten, um eine Rettungsaktion zu starten. Und als ick am nächsten Morgen auf der Suche nach wat Freßbaren über dat Feld da vorne flog, sah ick son kleenes, braunes Etwas, dat Gras sammelt. Da hab ick dann eens und eens zusammen jezählt und zack, hier bin ick, wa?"

Er streckte die Flügel aus und es hätte nur noch gefehlt, dass er eine Verbeugung macht.

„Ich bin ja so froh, dass du uns gefunden hast, Krake! An dir ist   ja echt ein Detektiv verloren gegangen."

„Danke für die Blumen, Müller,", erwiderte Krake. „Aber wie seid ihr denn aus dem Haus heraus jekommen? Wie habt ihr euch befreit?"

Ich erzählte Krake von unserer waghalsigen Flucht, beginnend am Abfluss in dem Haus und endend in dem Bach. Natürlich ließ ich nicht unerwähnt, dass wir beinahe sechsmal ertrunken und zweimal fast an der Tunnelwand zerschellt wären. Krake war sichtlich beeindruckt.

„Bist du ein Adler?"

Nachdem wir drei etwas Beeren und Nüsse verspeist hatten, fand nun auch Maus endlich ihre Stimme wieder. Sie hatte die ganze Zeit über kein Wort gesagt.

„Nee, ick bin een Kranich!", erwiderte Krake.

Maus sah mich fragend an: „Hab ich noch nie gesehen, oder gehört!"

„Egal!", sagte ich. „Auch ein großer, starker Vogel!"

An Krake gewandt fragte ich: „Hey, du großer, starker Vogel! Danke, daß du mir gefolgt bist und uns jetzt hier helfen willst!"

Krake schlug erneut mit den Flügeln. Das tat er scheinbar immer, wenn er verlegen war.

„Ist doch selbstverständlich, wa? Schließlich hab ick euch ja hängenjelassen!"

„Aber",fuhr ich fort, „wie geht es denn nun weiter? Hast Du eine Idee, wie wir wieder nach Hause kommen?"

„Nee, hab ick nicht. Aber eenes ist mal sicher, dich tragen und fliegen, dat wird nischt! Vielleicht schaff ick es, die Kleene hier zu transportieren. Zwischen meenen beeden Flügeln!"

Maus bekam riesige Knopfaugen. „Ich soll bei dir mitfliegen?"

„Klar", sagte Krake, „wiegst ja nischt, wa?"

„Und was ist mit mir?" Ich hatte keine Idee, wie ich nach Hause kommen sollte. „Soll ich dir etwa hinterherlaufen?" „Ne andere Möglichkeit sehe ick nicht. Ick fliege immer so weit, dass du mich sehen kannst, und du loofst dann dorthin, wo wir auf dich warten!"

Ich dachte über diese Möglichkeit nach und es schien tatsächlich die einzige zu sein. Denn wie soll Krake meinen Menschen erklären, dass er weiss, wo ich bin? Mir war überhaupt nicht wohl bei der ganzen Sache. Aber was soll's?

„Okay, aber du darfst nicht zu weit fliegen. Wir Frettchen haben nicht die besten Augen!"

„Keen Problem!" Krake klang sehr entspannt.

„Ausserdem darfst du nicht zu hoch fliegen. Nicht, dass Maus bewußtlos wird und sich nicht mehr festhalten kann!"

„Keen Problem!" Krake war cool.

„Und du musst so fliegen, dass ich keinen wilden Tieren und keinen Menschen über den Weg laufe, ok?"

„Ooch keen Problem! Sach mal, haste etwa Angst? Biste etwa uffjeregt?"

Ich tat zwar cool, aber meine Stimme zitterte. Das merkte ich und Krake sowieso.

„Nö, wieso?" Ich gähnte, um den Eindruck zu vermitteln, dass mich die ganze Sache eher langweilte.

„Nur so. Wollen wir ma langsam los?"

Er beugte sich hinunter, und klappte den rechten Flügel aus, damit Maus auf seinen Rücken klettern konnte.

„Yippieeh, es geht los! Ich werde fliegen!" Nicht mal die Maus hatte Angst. „Sag mal, Krake,", begann ich zu fragen, „wie weit ist es überhaupt bis nach Hause?"

„Ick bin euch ungefähr ne Stunde hinterher jeflogen!"

„Und was heisst das in Frettchen-Schritten?"

Mir schwante nichts Gutes.

„Werden wa sehen! Wir werden Pausen machen zum Essen, Ausruhen und wat ihr sonst noch so machen wollt. Aber ich denke, een bis zwee Tage werden wir unterwegs sein. Los jetzt, uff jehts!"

Krake nahm Anlauf und nach ungefähr vier Flügelschlägen hob er ab.

„Juhuuuu, ich kann fliegen!!"

Maus hatte Spaß!

14. DER HEIMWEG I

Auch ich machte mich sofort daran, den Beiden zu folgen. Ich konnte mir nichts Schlimmeres vorstellen, als Krake aus den Augen zu verlieren und allein auf mich gestellt zu sein. Es würde für mich das Ende bedeuten, da ich nicht in der Lage war, in der Wildnis allein zu überleben.

Also lief ich so schnell ich konnte. Krake flog dem Flusslauf folgend und landete schon kurze Zeit später auf dem höchsten Baum einer Baumgruppe.

Schließlich erreichte auch ich diesen Baum und war völlig erschöpft.

Krake erzählte irgendeine Geschichte, scheinbar ein früheres Erlebnis, worüber sich Maus kaputt lachte. Offensichtlich hatten die beiden eine Menge Spaß. Und tatsächlich waren die beiden dermaßen in ihr Gespräch vertieft, dass sie nicht mal mitbekommen hatten, dass ich da war.

„Dat ging ja schneller, als ick dachte, Müller. Nicht schlecht. Bist wohl gut in Schuss, wa?" Krake bemerkt mich dann doch.

Und in der Tat fühlte ich mich richtig fit und sagte daher:

„Und ob ich das bin. Also, fliegt weiter, ihr zwei Spaßvögel!"

Krake und Maus ließen sich nicht zweimal bitten und starteten direkt wieder.

Auch dieses Mal war es für mich kein Problem, den Beiden zu folgen. Im Gegenteil, ich forderte Krake auf, die Strecken zu verlängern, die zwischen einem Start- und einem Landepunkt lagen.

Ich wusste nicht mehr, der wievielte Flug von Krake es war, ich glaubte, der vierte. Ich schlich, wie immer, aus dem Gebüsch und wollte gerade in meinem unglaublichen Tempo los sprinten, als ich merkte, dass es zu regnen begann.

Wasser! Wasser auf meinem Körper...Wasser an meinem Fell...Wasser an meinen Pfoten...undenkbar!

Ja, Leute, etwas, dass ihr von mir noch nicht wusstet: Ich bin total wasserscheu!! Sobald sich Wasser meinem edlen Körper nähert, verfalle ich in eine Art Starre und bekomme Schnappatmung. Ganz im Gegenteil zu meiner Tildi, die Wasser liebt und sich freut, wenn unsere Menschen ihr eine Wanne mit Wasser hinstellen. Die taucht sogar!

Tja, wie gesagt, ganz anders ich!

Als Maus und ich in den Abwasserkanal gestürzt sind, konnte ich es nicht mehr abwenden. Ich bin eben einfach ins Wasser gefallen und konnte so tun, als würde es mir nichts weiter ausmachen. Aber jetzt und hier musste ich mich echt überwinden, durch den Regen zu laufen, wenn ich nicht einsam und allein als Straßenfrettchen enden wollte.

Ich hockte also am Rande des mir Schutz gewährenden Gebüsches und sah in weiter Ferne Krake mit Maus in einem Baum landen. Zwischen uns lag nur ein weites Feld, das von Regen nun durchnässt wurde. Also tat ich, was von einem angstlosen Frettchen erwartet würde…Ich lief los…und lief und lief. Immer schneller und schneller. Irgendwann war ich so schnell, dass meine Pfoten den nassen Untergrund nicht mehr berührten und der von oben fallende Regen mein Fell nicht berühren konnte.

Und dann war es geschafft! Ich habe die Baumgruppe erreicht, in der sich Krake und Maus niedergelassen hatten.

Ich war völlig ausser Atem, aber ich war trocken. Ja, Leute, im Ernst, der Regen hatte mir nichts angetan. Natürlich fühlte es sich nur so an. Mein Superfell ist so ausgestattet, dass Regen ihm nichts anhaben kann und sofort abperlt.

„Krake, Maus, mir reicht es für heute. Ich schlage vor, dass wir hier übernachten. Ausserdem regnet es!"

Krake antwortete: „Von mir aus! Is ooch jemütlich hier. Wat meenste, Maus? Wolln wa hier nächtigen?"

„Ok!", antwortete der kleine Nager. „Ich geh Futter suchen!"

„Warte, Maus!,", rief ich. „Ich komme mit!"

Dass ich Angst hatte, mich wieder zu verlaufen, ließ ich lieber unerwähnt.

Am nächsten Morgen waren wir alle ausgeschlafen und ausgeruht. Beim nächtlichen Wache halten, hatten wir verabredet, dass wir uns abwechseln würden. Aber ich war mir sicher, dass sich keiner der anderen Beiden daran gehalten hatte. Ich allerdings auch nicht.

Der Regen hatte auch aufgehört und so beschlossen wir, unsere Tour fortzusetzen. Dies gelang uns auch bis wir die dritte Baumgruppe erreichten.

„Schlechte Nachrichten, Müller!"

Krake klang in der Tat nicht sehr glücklich.

„Was ist passiert?", wollte ich von ihm wissen.

„Kurz hinter dieser Baumgruppe macht der Fluss eine Biegung nach rechts. Wir müssen aber jeradeaus!"

Das waren in der Tat keine guten Nachrichten. Die ganze Zeit, seitdem wir von unserem ersten Lagerplatz, an dem uns Krake gefunden hatte, aufgebrochen waren, hielten wir uns parallel zum Fluss, in den Maus und ich hineingestürzt waren, als wir aus dem Abwasserkanal schossen. Und nun machte der Fluss einen Rechtsbogen und schnitt uns sozusagen den Weg ab.

„Und nun? Ist da keine Brücke?"

Aber diese Frage konnte ich mir selbst beantworten. Es würde keine Brücke geben. Schließlich hatte Krake den absoluten Überblick und hätte nicht von einem Problem gesprochen, wenn er eine Brücke gesehen hätte.

Entsprechend genervt antwortete er auch: „Nee, kannst mir glooben, wa?"

Sollte hier mein kurzes Frettchenleben durch eine Flußkurve ein jähes Ende finden?

Würden Krake und Maus zurück in die Zivilisation finden, während ich hier in der Wildnis um mein Überleben kämpfen würde? Und würde ich den Kampf gewinnen?

„Krake muss dich hinüberfliegen!", rief Maus plötzlich ganz aufgeregt.

„Wie soll das funktionieren?", fragten Krake und ich gleichzeitig.

„Na, ganz einfach. Krake krallt sich an dir fest und beginnt mit den Flügeln zu schlagen, während du gleichzeitig beginnst, zu laufen. Durch deine Geschwindigkeit, Müller, und deinen Auftrieb, Krake, werdet ihr etwas fliegen können. Zumindest soweit, dass ihr nicht in den Fluss stürzt."

Krake und ich schwiegen eine Zeit lang.

„Was meinst Du, Krake?"

„Wat ick meene? Na, eenen Versuch ist es wert! Aber wenn ick merke, dat dat schief jeht, lass ick dich los, egal wo wir dann sind!"

Ich musste schlucken, stimmte dann aber schließlich zu, da es meine einzige Chance war, über den Fluss zu gelangen.

„Na, gut. Wieviel Anlauf werden wir benötigen?"

„Viel. Sehr viel!"

Kurze Zeit später befanden wir uns in hoffentlich ausreichender Entfernung zum Fluss.

„Und nun?", fragte ich.

Ich wollte einfach nur hören, dass entweder Krake oder Maus sagte: „Ach nee, doch nicht!"

Aber den Gefallen tat mir keiner. Im Gegenteil, beide schienen sich 100%ig sicher, wie die Aktion zu laufen hatte.

„Janz eenfach, du loofst jetzte janz jemächlich los und icke fliege von hinten, oben an dich heran und packe dich mit meenen Krallen. Los! Versuch macht kluch, wa?"

Ich merkte, dass ich aus dieser Nummer nicht mehr herauskam.

Also begann ich in Richtung des Flusses zu laufen. Gleich darauf merkte ich, wie sich ein dunkler Schatten über mich legte und gleichzeitig hörte ich ein beängstigendes Flügelschlagen.

Ich lief schneller, als wäre ich auf der Flucht, als mich plötzlich zwei Greiffüße im Nacken packten.

„Du musst schneller rennen!" Die Stimme von Krake war jetzt alles andere als entspannt.

Ich rannte so schnell ich konnte, bis ich auf einmal merkte, dass meine Pfoten die Bodenhaftung verloren. Und noch einen Augenblick später, berührte ich den Boden gar nicht mehr.

Ich konnte fliegen! Zwar mit der Hilfe von Krake, aber immerhin. Schnell gewannen wir an Höhe. Ich war völlig fasziniert, wie die Welt von oben aus der Vogelperspektive aussah. Schließlich kannte ich alles nur aus ungefähr 2 Zentimeter Höhe. Die Bäume, die Sträucher und die Büsche…alles wurde schnell kleiner.

Leute, das ist echt ein Erlebnis. Versucht wirklich mal, die Welt von oben zu betrachten. Und nicht nur die Dinge auf dem Boden, sondern auch die Probleme werden kleiner.

Ja, ja, wir Frettchen, oder zumindest ich, haben auch durchaus therapeutische Fähigkeiten!

Während ich die Welt unter mir betrachtete, legten wir an Tempo zu. Etwas weiter vor uns konnte ich den Fluss erkennen. Wobei erkennen das falsche Wort ist, denn der Flugwind trieb mir die Tränen in die Augen. Aber wie es schien, sollte der Plan von Maus und Krake tatsächlich funktionieren.

Wir erreichten das linke Flussufer, als Krake mit mir an Bord, an Höhe verlor. Und zwar beträchtlich.

„Was ist los?", rief ich.

„Du bist….dooooochhhh…. schwerer, als ick daaaaaachte!"

Krake war völlig ausser Atem und brachte die Worte kaum heraus.

„Dann dreh um!" Ich bekam Panik.

„Lass mich hier bloß nicht ins Wasser fallen!" Ich hatte Panik.

Krake schnaufte und pustete: „Nee, keene Sorge, dat….!"

Mehr konnte ich nicht hören, da ich mich im freien Fall befand.

Ich bewegte mich mit Überschallgeschwindigkeit auf das Element zu, vor dem ich am Meisten Angst hatte.

WASSER!

15. DER HEIMWEG II

Glücklicherweise hatte Krake bereits beträchtlich an Höhe verloren, sodass mein Aufprall auf der Wasseroberfläche nicht zu heftig war. Aber ich geriet für längere Zeit unter Wasser. Nachdem ich aufgetaucht und wieder Herr meiner Augen war, sah ich vor mir nur Wasser. Wasser soweit das Auge reichte.

Vor lauter Panik begann ich mit allen vier Pfoten gleichzeitig aber nicht gleichmäßig zu schlagen. Das hielt mich zwar an der Wasseroberfläche, machte aber unheimlich viel Lärm und kostete noch mehr Kraft. Daher konnte ich auch Krake nicht verstehen, der wohl schon länger zu mir gerufen hatte. Ihm blieb nichts anderes übrig, als zu mir hinunter zu fliegen und zu rufen: „Du musst dich umdrehen und in die andere Richtung kieken!"

Zuerst wusste ich nicht, was er meinte, drehte mich dann aber doch um. Was ich da sah, verschlug mit den Atem. Ich sah das Ufer. Ganz nah vor mir! Ich hatte die ganze Zeit in die falsche Richtung geschaut und wäre Krake nicht gewesen, wäre ich auch in die falsche Richtung geschwommen.

So genügten wenige Schwimmzüge - keine Ahnung, warum ich schwimmen konnte- und ich spürte unter meinen Pfoten das rettende Ufer. Ich schlüpfte an

Land und versteckte mich sofort in ein Gebüsch, welches sich in direkter Ufernähe befand. Dort sackte ich zusammen und mir war völlig egal, wie nass ich war, oder auch nicht, und wie ich aussah.

Kurz bevor ich einschlief, landete Krake mit Passagier Maus.

„Du hast es geschafft, Du Held!" Maus tanzte vor meinen Augen hin und her. Sie war sichtlich erleichtert und froh. Das war das Letzte was ich sah.

„Hey, Müller, aufwachen!"

Eine Stimme aus weiter Ferne drang in mein Unterbewusst-

sein. Ich öffnete mein linkes Auge und erblickte Maus. Sie stand vor mir.

„Er kommt langsam zu sich!"

Ich öffnete mein rechtes Auge. Nach und nach kam die Erinnerung an meinen Flug und den darauf folgenden Absturz in die Tiefen des Flusses zurück. Genau genommen bin ich eigentlich nur einen Meter vom Ufer entfernt ins flache Wasser gestürzt. Und wirklich gestürzt bin ich auch nicht. Krake hat mich ziemlich sanft ins Wasser herabgelassen. Aber warum sollte man so ein Erlebnis nicht etwas aufregender darstellen?

Ich bin beim Flug über einen sehr breiten Fluss ins Wasser gestürzt und konnte mich nur durch eine große Kraftanstrengung ans Ufer retten.

Ich stand auf und begann mich zu strecken und deh-
nen. Okay, ich hatte keine Schmerzen und somit wohl
auch keine Verletzung davon getragen.

„Wie sieht's aus? Wie lange habe ich geschlafen?"

Ich war noch völlig planlos.

„Naja, ein paar Stunden warste schon wechjetreten!
Aber Maus und ich haben uns ooch ausjeruht."

Maus gab mir einige Nüsse und Beeren, die ich dankend annahm und fraß.

„Und wie geht es jetzt weiter? Wie weit ist es noch
bis nach Hause?"

Ich wollte nur noch in mein warmes Pennhouse zu
meiner Tildi. Und Fleisch!! Ich brauchte Fleisch! Wie
konnte man sich sein Leben lang nur von Beeren und
Nüssen ernähren? Kein Wunder, dass Mäuse nur so
klein wurden.

„Maus und icke haben das eben schon besprochen,
dass ick mal in Richtung Heimat fliege, um die Lage
zu peilen. Wir wollten nur warten, biste wach bist.
Wat meenste?"

„Klar!", sagte ich. „Flieg los. Und vielleicht findest
Du einen Weg zurück, der einigermaßen kurz und
sicher ist!"

„Okay, bis später!"

Und schon war Krake los geflogen.

Es dauerte viel länger, als wir es gedacht hatten, bis
Krake wieder da war, und ich bin auch in der Zwischenzeit nochmal eingeschlafen.

„Und?"

Maus und ich platzten fast vor Neugier.

„Also!", begann Krake, der es sichtlich genoss, dass Maus und ich ihm gebannt lauschten.

„Wenn ick direkt zu unserem Park fliege, bin ick in kürzester Zeit da. Dat Problem für dich, Müller, ist, dat es uff direktem Wege viele unüberwindbare Hindernisse jibt. Das sind breite Straßen, Grundstücke mit Häusern und so weiter. Allet nischt, wo du durch oder rüber kommst."

Krake breitete seine Flügel aus und sah von unten aus, wie ein Geist aus der Finsternis.

„Ihr werdet euch sicherlich jefragt haben, wo ick so lange jeblieben bin…ditte kann ick euch sagen. Ick hab nen Weg jefunden, der dich sicher nach Hause bringt und zwar zügig, wenn nischt dazwischen kommt."

Ich fing an zu zittern.

„Was soll denn dazwischen kommen?"

Krake ließ sich zu uns nach unten.

„Weeß ick nicht, aber in der freien Natur kann allet passieren und man muss uff allet jefasst sein. Los, Maus, steig uff, et jeht los."

Ehe ich etwas einwenden konnte, flog Krake mit Maus los und landete wenig später auf einem hohen Drahtzaun.

Ich machte mich ebenfalls auf dem Weg. Anders als auf dem anderen Flussufer, konnte ich hier den mir vertrauten Straßenlärm hören. Ein schönes, weil vertrautes Geräusch. Es klang wie zu Hause.

Ich erreichte Krake und Maus an dem Zaun ohne Probleme.

Krake drehte sich um seine Achse und zeigte in die Richtung jenseits des Zaunes.

„Da jehts jetzte lang. Maus und ich fliegen dort hin zum roten Pfosten. Und du musst durch diesen Tunnel da unter der Strasse durch. Wenn du da durch bist, kommst du an den Rand eines Kinderspielplatzes. Dort ist ooch der rote Pfosten. Jut?"

Und schon flogen die beiden weiter.

Ich schlüpfte durch die Maschen des Zaunes und flitzte zum Tunneleingang. Vorsichtig wagte ich einen Blick hinein und konnte zu meiner Erleichterung auf der gegenüber liegenden Seite Tageslicht sehen. Also war der Tunnel genauso lang, wie die Strasse breit war. Eine Art Unterführung. Aber wofür? Wasser? Oder….Quak….Quak!

Waren das…? Ja, tatsächlich…es waren Frösche! Große Frösche, kleine Frösche, Baby-Frösche, einfach viieeele Frösche! Jetzt wusste ich, was das für ein Tunnel war. Eine Unterführung für kleine Tiere, und große wie mich, damit die unbeschadet auf die andere Seite der Strasse gelangten.

Nach mehrfachen Begegnungen mit dem mir verhassten Wasser, nun also eine weitere Herausforderung. Frösche!

Ich lief los, und zwar so schnell ich konnte. Ich sprang und hüpfte, wich aus und kam schließlich unversehrt am anderen Tunnelende an. Geschafft! Keiner der glitschigen Angreifer konnte sich in meinem Fell festbeissen, oder mich auf andere Weise zu Fall bringen.

Aber ganz im Ernst, Leute…die Frösche hatten mehr Angst als ich und haben sich in allen möglichen Löchern und Ritzen versteckt. Aber auch das muss ja keiner wissen.

Ich lief zum roten Pfosten, auf dem Krake saß mit Maus zwischen den Flügeln. Ich erzählte ihnen von meiner Begegnung mit den schleimigen Monstern, und wie ich mich heldenhaft deren Attacken widersetzt hatte, als Krake plötzlich wortlos davon flog. Kurze Zeit später kehrte er zurück. Ich blickte ihn an und sah, dass etwas aus seinem Schnabel ragte, dass einen Froschbein nicht nur ähnelte. Nun ja, jedem das seine..

Ohne näher auf seinen Ausflug einzugehen, fragte ich Krake:

„Wie geht es jetzt weiter? Wo muss ich lang?"

Krake musste etwas würgen, bevor er antworten konnte:

„Du musst nun am Rande dieses Spielplatzes entlang loofen, da steht een großer Baum, an dem wir uns treffen." Sprach es aus und war mit Maus auch schon wieder in der Luft.

Irgendwie spürte ich, dass wir meinem zu Hause näher kamen und zum ersten Mal hatte ich keine Angst in der freien Natur zu sterben.

Ich lief los und hatte auch schnell den Baum am Ende des Spielplatzes erreicht.

„Jetzt musst Du hier über dit Grundstück rennen. Am Haus vorbei kommste an eene Holzhütte, uff der wir warten werden.

Bleib unter den Büschen! Die ham nen Hund und dat Grundstück is lang. Viel Glück!"

Und weg waren die beiden.

Oh nein, ein Hund, dachte ich bei mir! Aber egal, ich würde schneller sein. Ich flitzte los und erreichte die Hütte ohne besondere Vorkommnisse.

„So, Müller, wenn du jetzte hier durch den Zaun blickst, siehste ne schmale Strasse und auf der anderen Seite…na? Wat siehste da?"

Ich konnte mein Glück nicht fassen! Dort war mein Park, meine Heimat, das Haus meiner Menschen. Ich war gerettet!

„Oh Krake, ich kann dir gar nicht sagen, wie dankbar ich dir bin!"

„Keen Problem! War mir eene Ehre!" Er machte eine leichte Verbeugung.

„Und ausserdem habe ick eenen neuen Freund jewonnen. Maus und icke, das wird dicke, haha!! Ja, wir sind in der kurzen Zeit echte Freunde jeworden. Dafür danke ick Dir!"

Maus blickte am Hals von Krake vorbei und winkte.

Krake klappte seine Flügel aus und sagte:" So, Müller, nu pass uff, dass du uff den letzten Metern nicht noch drauf jehst. Schleich dich nach Hause und dann sehn wa uns an einem der nächsten Abende. Bis dann!"

Krake und Maus winkten zum Abschied und flogen los.

Okay, das Ziel vor Augen, quetschte ich mich durch den Maschendrahtzaun und schlich zum Straßenrand. Ich versteckte mich hinter einem Vorderreifen eines Autos, um von dort die Lage zu peilen. Es dauerte etwas, bis keine Fußgänger und keine fahrenden Autos in der Nähe waren. Ich kroch hinter dem Reifen hervor und spurtete los.

Tja, Leute, ihr werdet es nicht glauben, aber ich hatte es geschafft. Ich war wieder da…ich war wieder in meinem Revier.

Und ich bin ganz ehrlich: Als mich die Entführer in den Käfig gesperrt hatten, war ich mir sicher, nie wieder hierher oder nach Hause zu kommen.

Dank meiner Freunde Krake und Maus ist es mir aber dennoch gelungen.

Ich blickte mich um, aber von Schröder, Harley und Ecki war nichts zu sehen.

Da es noch hell war, entschloß ich mich in dem Gebüsch hinter der Bank, in dem Ecki seine Vorräte bunkert, auf die Dunkelheit zu warten.

Aber soweit kam ich gar nicht. Eine Menschenhand umschloß meinen Körper, hob mich hoch und rief „Müller!"

Es war mein Max. Wie hatte er mich finden können? Es war mir egal. Wäre ich ein Mensch, hätte ich jetzt begonnen zu weinen. Aber ich war ein Frettchen und zeigte meine Freude und Erleichterung damit, dass ich Max die Hände und das Gesicht ableckte.

16. WIEDER IM REVIER

Mein Hinterteil zuckte und vibrierte. Erst wusste ich nicht, was es war. Dann fiel es mir wieder ein: Meine besondere Fähigkeit, Mobilfunkwellen zu empfangen, ist mir während meiner Abwesenheit nicht abhanden gekommen.

Jedenfalls wurde ich auf diese Art sehr unsanft geweckt.

Ich hatte keine Ahnung, wie lange ich geschlafen hatte, aber es muss eine Ewigkeit gewesen sein. Ich bekam meine Augen nicht auf und bewegen konnte ich mich schon gar nicht.

Das Smartphone, welches mich geweckt hatte, gehörte der Karen. „Ja, Gott sei dank…Müller ist wieder da!

Nein, wir haben alle keine Ahnung, wo unser Süßer die drei Tage gesteckt hat. Und was noch viel erstaunlicher ist…wie hat er nach Hause gefunden? Frettchen haben absolut keinen Orientierungssinn. Wirklich erstaunlich!"

Sie hörte kurz zu, um dann zu antworten: „Nee, absolut keine Ahnung! Der Käfig war am nächsten Morgen genauso verschlossen, wie sonst auch. Wir haben den komplett leer geräumt, aber nirgendwo ist ein Loch im Draht, nirgendwo ist eine Spalte…

nichts. Nun ja, es ist schon bekannt, dass Frettchen immer und überall eine Lücke finden, aber hier war keine. Echt sehr merkwürdig. Naja, nun hat er fast drei Tage durchgepennt…ah…er wacht grad auf…!" Die Karen redete beinahe ohne zu atmen.

„Aber weshalb ich dich überhaupt angerufen habe… bei unseren Nachbarn wurde eingebrochen. Jaaa, quasi am helllichten Tage…unglaublich. Ja, genau die, haha! Sie geht ja noch, aber er ist ja echt ein arroganter Sack. Und die beiden Kinder auch, kleine Fettsäcke, hihi. Aber trotzdem, sowas gönnt man Keinem. Wenn ich mir vorstelle, bei uns wäre jemand gewesen…Ich hätte keine ruhige Minute mehr. Und ruhig schlafen könnte ich schon gar nicht mehr…

Polizei? Na klar, die volle Kapelle mit Spurensicherung und so weiter. Wann? Die ganze Familie geht immer einmal in der Woche zum Bowling und das scheinen die Einbrecher gewusst zu haben. Jedenfalls kamen die vom Bowlen nach Hause und fanden die Tür nur angelehnt und das Fenster zur Seitenstrasse stand offen. Und so, wie ich gehört habe, haben die Einbrecher gut Bescheid gewusst, wo was zu finden ist.

Die Polizei beginnt nun im unmittelbaren Umfeld zu ermitteln.

Ich bin gespannt…."

Ich hörte nicht weiter hin. Denn es gibt wohl kein weiteres Lebewesen auf diesem Planeten, das besser wusste, was gestohlen wurde, wer es gestohlen hatte und wo das Gestohlene jetzt war.

Drei Tage fast durchgeschlafen, war für mich viel interessanter. Das „fast" können wir auch streichen, da ich mich nicht erinnern konnte, auch nur einmal wach gewesen zu sein. Das Letzte, an das ich mich entsinnen konnte, war das Wiedersehen mit meinem Max. Dann wurde ich als nicht erwarteter Rückkehrer der Familie gezeigt, ordentlich gefeiert, umarmt und gedrückt, in den Käfig gesetzt und das war es dann auch. Umgekippt und eingeschlafen. Naja, nicht ganz. Tildi wiederzusehen, war ein tolles Gefühl. Und dann bin ich eingeschlafen.

So, und jetzt lag ich hier und kam langsam wieder zu mir. Unsere Menschen haben also keine Ahnung, wie ich den Käfig verlassen hatte. Interessant. Ich versuchte aufzustehen…puh, bekommen Frettchen auch Muskelkater?…und schleppte mich zu Tildi.

„Wie hast Du das gemacht, dass unsere Menschen nicht wissen, wie ich das Pennhouse verlassen hatte?" Ich war wirklich neugierig, da die Tür nur angelehnt war, als ich vor sechs Tagen ging. Sechs Tage ist das schon her…

Tildi antwortete: „Als ich mir sicher war, dass du nicht rechtzeitig hier sein würdest, es wurde nämlich schon hell, habe ich die Tür mit deinem Eisstiel wieder zu gemacht. Den habe ich hier vorne zwischen Rückwand und Bodenplatte unsichtbar versteckt."

113

„Tildi!" Ich war total überrascht. „Das hätte ich dir ja überhaupt nicht zugetraut. Ich dachte immer, du bist…"

„Was?", keifte sie zurück, „…voll die Zicke? Dumm? Und verstehe kein Wort?"

Sie sprang auf das gegenüberliegende Bord.

„Du bist dumm, wenn du das von mir denkst. Schließlich haben wir fast die gleichen Gene von unserem gemeinsamen Vater oder nicht?"

Sie beruhigte sich etwas.

„Okay, ich kann vielleicht nicht so gut die Menschen verstehen, eigentlich gar nicht, und mein Hintern fängt auch nicht an zu wackeln, wenn ein Handyanruf eingeht! Mag alles stimmen! Aber sonst bin ich genauso wie du und würde alles darum geben, deine Freunde da draußen kennenzulernen!"

Ich war völlig von den Socken! Netter Gedanke… vier Socken…

Ich schaute mir Tildi aus der Nähe an.

„Wer sind sie und was haben sie mit meiner Halbschwester angestellt?"

Ich stellte die Frage natürlich mehr im Scherz.

„Ach, Müller, das ist mein Ernst!"

Langsam wurde mir klar, dass Tildi alles mitbekommen hatte. Meinen Trick mit dem Eisstiel und dem Haken, meine gescheiterten und geglückten Ausbrüche, einfach alles. Tildi wollte nicht nur keine langweilige Mitbewohnerin sein, nein, sie wollte auch hinaus in die Welt und etwas erleben.

Wir vereinbarten, dass ich sie bei meinem nächsten Ausflug mitnehmen würde, wann immer das auch sein mochte.

Und jetzt wollte ich einfach nur ein ganz normales Frettchen sein und mit meinen Menschen spielen, in der Wohnung herum flitzen und Fleisch fressen. Nicht irgendwelche Beeren oder Nüsse, nein pures, blutiges Fleisch!

Zwei Stunden später lagen wir auf dem Fernsehbord. Die ganze Familie war versammelt, was bedeutete, dass heute Samstag war und ein gemeinsamer Fernsehabend anstand.

Und tatsächlich wurde ein Quiz eingeschaltet.

Und Leute, ihr werdet es nicht glauben. Es war irgendein Quiz, in dem eine Maus die Hauptrolle spielte. Eine Maus! Als wenn ich nicht genug „Maus" in den letzten Tagen gehabt hätte. Eine Maus, na toll. Diese Maus schien irgendwie bekannt zu sein. Kein Wunder, so beknackt wie die aussah. Orange mit braunen Beinen und stumm schien sie auch noch zu sein.

Aber auch meine Menschen schienen diese Maus zu kennen. Und auch diese Maus hatte keinen Namen. Wie sich die Dinge doch manchmal gleichen.

Aber immerhin schien die Maus es wert zu sein, dass man ein Quiz für oder um sie erfunden hatte. Nach einer Zeit hatte ich es raus. Diese Maus war der Star einer Kinderwissensendung.

Okay, dann kann man auch beknackt aussehen.

Tildi und ich schauten eine zeitlang zu. Aber die Fragen waren echt easy, etwas für Kinder eben.

Nicht lange später merkte ich, dass mir die harten Tage immer noch in den Knochen steckten.

Wären die Menschen nicht in kurzen Abständen zum Pennhouse gekommen, um zu schauen, ob ich noch da war, wäre ich schon viel früher eingeschlafen.

Na?

17. TILDI ENTDECKT DIE WELT

Die nächsten Tage verhielten Tildi und ich uns, wie sich unauffällige Frettchen verhalten. Schlafen, fressen, spielen und wieder schlafen.

Aber natürlich wollte Tildi alles wissen, was sie da draußen in freier Wildbahn bei meinen Freunden erwarten würde. Und vor allem, wen sie erwarten würde. Und so erzählte ich ihr von dem hektischen Eichhörnchen Ecki, von den zugekifften Katzen Schrader und Harley und natürlich von meinem Retter, dem Kranich Krake mit seiner neuen Freundin oder Freund, keiner wusste es genau, der Maus.

Tildi wurde immer neugieriger und konnte es kaum erwarten, dass ihre Entdeckungstour begann.

Unsere Menschen hatten sich eine neue Couch gekauft. Für uns Frettchen hochinteressant. Viele versteckte Zwischen- und Hohlräume warteten darauf, von uns entdeckt zu werden. Aber eine weitere Neuerung brachte unsere Herzen zum höher schlagen. Da diese Couch größer, als die alte war, stand sie nun quer im Raum. Und zwar genauso, dass die Rückenlehne direkt an der Fensterbank endete, unter der sich auch noch die Heizung befand.

Nachdem uns unsere Menschen gefühlte 300 Mal von dort weg gehoben hatten, wurde ihnen klar, dass das keinen Sinn machte. Also legten sie uns dort eine weiche Decke hin. Perfekt! Tildi und ich hatten einen neuen Lieblingsplatz. Eine beheizte Fensterbank mit Blick auf die Strasse und das Zentrum des Reviers, sprich den kleinen Park, in dem meine Freunde und ich sozusagen unser Hauptquartier hatten. Leute, es gibt ja scheinbar nichts Interessanteres, als aus dem Fenster zu schauen und alles und jeden zu beobachten. Ab nun galt für unsere Menschen: Wenn die Frettchen nicht in ihrem Pennhouse sind, so findet man sie auf ihrem Beobachtungsposten, der Fensterbank.

Ich glaube, es war der zweite Tag nach meiner Rückkehr. Tildi und ich lagen auf der Fensterbank und beobachteten gerade den weißhaarigen Mann, der seinen weißfelligen Hund Gassi führte. Ist euch schon mal aufgefallen, dass Herrchen und Hunde immer die gleiche Frisur haben?

Naja, das nur nebenbei.

Während wir Hund und Herrchen beim Durchqueren des Parks zuschauten, fiel mir ein Transporter auf.

Er parkte vor dem Haus meiner befreundeten Kifferkatzen Schrader und Harley. Die Farbe des Transporters war weiss und mit blauer Schrift stand geschrieben: *Klempnerei Noah, wir lösen jedes Wasserproblem.*

Ich fand den Namen Noah - in Anlehnung an die Arche Noah - sehr originell für einen Klempner, dass er sich bei mir eingebrannt hatte. Und zwar während meines kurzen, aber aufregenden Besuches bei meinen Entführern und Einbrechern. Mein Käfig stand in einem Raum, in dem auch verschiedenes Werkzeug und andere Materialien gelagert wurden. So auch größere Bauschilder mit eben jener Aufschrift, wie ich sie eben auf dem Transporter wieder entdeckt hatte. Ich war sofort hellwach.

„Tildi!", flüsterte ich.

„Was?"

„Dieser weisse Transporter dort vorne gehört zu der Firma, in der einer der Einbrecher arbeitet, die bei den Menschen von Schrader und Harley eingebrochen sind und mich entführt haben."

Ich deutete auf das Haus der beiden Katzen.

„Was? Echt?" Auch bei Tildi schien sich die Spannung zu erhöhen.

„Bist du sicher?"

„Ja,", erwiderte ich. „Ich erkenne das Logo und den Namen wieder. Wir müssen abwarten, wenn der Fahrer…"

Ich musste den Satz gar nicht beenden, denn in dem Moment kam ein Mann in einem blauen Overall mit dem Firmenlogo auf der Brust aus dem Haus und ging zu dem Transporter. Es gab keinen Zweifel. Es war Erik. Es war einer der Einbrecher.

„Tildi!" Ich war nun völlig ausser mir. „Er ist es!"

„Wer?"

Jetzt war sie doch etwas schwer von Begriff.

„Einer der Einbrecher, die mich auch entführt haben. Ich glaube, die haben ihn Erik genannt!"

„Der da?"

Tildi fixierte den Mann neben dem Transporter.

„Wir müssen heute in den Park! Ich bin nämlich nicht sicher, ob die Katzen gecheckt haben, dass der Einbrecher bei ihnen immer noch ein- und ausgeht. Nicht, dass die noch einen zweiten Einbruch planen!"

„Heute schon?" Tildi war ausser sich. „Yippieeh, es geht endlich los!"

Die Zeit bis es dunkel wurde und wir endlich raus konnten, wurde unendlich lang. Tildi und ich waren auch dermaßen nervös und konnten auch gar nichts essen. Unsere Menschen schoben unsere Appetitlosigkeit auf den Frühling und den damit verbundenen Fellwechsel.

Als es endlich soweit war, holte Tildi den Eisstiel aus dem Versteck und hob damit den Haken aus der Öse, als hätte sie ihr Leben lang nichts anderes gemacht. Beim Herausklettern aus dem Pennhouse ließ sie mir dann aber doch den Vortritt. Genauso beim Verlassen der Wohnung durch den Briefschlitz. Den gesamten Weg zum Park und auch dort unter der Bank, wich Tildi keinen Zentimeter von meiner Seite. Kein Wunder. Schließlich war sie noch nie ausserhalb der Wohnung gewesen. Und ich kann mich noch genau erinnern, wie es mir vor einiger Zeit ging.

„Die sieht ja genauso aus, wie du! Nur etwas kleiner!" Es war Ecki. Wie immer damit beschäftigt, Nüsse zu sortieren oder zu essen. Keiner wusste es; wahrscheinlich nicht einmal er selbst.

„Ecki!" Ich freute mich sehr, ihn zu sehen. „Wir haben uns seit dem Einbruch nicht mehr gesehen. Wie bist du aus der Wohnung hinaus gekommen?"

„Das war nicht schwer!"

Ecki unterbrach sein Sortieren. „Nachdem die Einbrecher mit dir verschwunden waren, bin ich durch das Fenster, das die nicht wieder verschlossen hatten, hinausgeschlüpft. Ich konnte gerade noch Krake erblicken, der euch hinterher geflogen ist. Zum Glück, würde ich mal sagen. Er hat uns gestern von der Rettungsaktion erzählt. Das war ja wirklich sehr abenteuerlich, wie ihr den Weg hierher zurück gemeistert habt."

„Ja, das stimmt! Ich bin Krake auch echt dankbar. Naja, aber dafür hat er eine neue Freundin oder Freund, mit Maus gefunden!

„Das hier ist übrigens Tildi. Ich hatte euch schon von ihr erzählt. Sie wollte unbedingt mal mitkommen und euch kennenlernen!"

„Hi, Ecki!"

„Hallo, Tildi. Willkommen in unserem Revier!"

„Wo sind Schrader und…", ich konnte den Satz nicht beenden.

„Hier sind wir schon!", krächzte Schrader.

„Huhu!" stimmte Harley ein.

Heute schienen sie klar zu sein.

Schnell stellte ich Schrader, Harley und Tildi miteinander vor, bevor ich zum eigentlichen Thema kam.

„Der Einbrecher war heute bei euch in der Wohnung und parkte mit dem Transporter der Klempnerfirma vor eurem Haus!"

„Stimmt", Schrader schlich um uns herum. „Der wird auch nochmal wiederkommen müssen. So sagte er es zumindest zu unserer Menschenmutter!"

So so, dachte ich mir, das ist ja interessant…

18. TILDI UND DER PEKINESE

Es raschelte und knackte im Gebüsch neben uns. Wer konnte das sein? Mit Ecki, Schrader und Harley war unsere Gruppe vollzählig. Krake und Maus würden heute nicht hier sein. So sagte es zumindest Ecki. Und selbst wenn, eine Maus konnte nicht so laute Geräusche erzeugen. Wir zogen uns alle etwas zurück und stellten uns nebeneinander in eine Art Verteidigungsposition. Die Geräusche wurden lauter, als plötzlich aus dem Gebüsch etwas Zotteliges zum Vorschein kam. Ich sah nur Fell. Ein sich bewegendes Fell. Wo vorn und wo hinten war, konnte man nur aus der Richtung erahnen, in die es sich fortbewegte. Schließlich blieb es vor uns stehen und nun war ich tatsächlich in der Lage, eine Art Gesicht mit einer platten Schnauze erkennen zu können.

„Wer bistn Du?" Harley ergriff als erste das Wort.

„Beagle!"

Die Stimme war tiefer, als man es erwartet hatte.

„Wie n Beagle siehste aber nicht aus. Oder hat man dir die Luft rausgelassen?"

Harley lachte als einzige über ihren Scherz.

„Ich bin ein Pekinese, aber meine Menschen haben mich ‚Beagle' genannt."

„Und was machst Du hier, Beagle?"

Ich blickte zu meiner Linken und konnte es nicht glauben. Tildi sprach mit einem fremden Tier.

„Ich wohne da vorn!"

Der Hund zeigte zu einem Haus, dass weit hinten in der Strasse lag.

„Ich habe euch schon sehr oft hier gesehen. Mein Herrchen geht mit mir hier immer Gassi, aber ich war immer an der Leine. Also konnte ich vorher nie zu euch. Aber nachdem ich meinem Herrchen bewiesen habe, dass ich gehorche und seitdem ich dieses Halsband trage, darf ich ohne Leine frei herumlaufen. Tja, und da bin ich."

„Wie alt bist du denn?", wollte Tildi wissen.

„Ungefähr ein halbes Jahr. Und du?"

„Ich und mein Halbbruder, Müller, werden in diesem Frühling zwei Jahre alt."

Tildi fügte hinzu: „Ich bin heute auch zum ersten Mal hier. Müller ist schon öfter hier gewesen und die anderen drei kennen sich wohl schon ewig. Es fehlt noch der Kranich Krake mit Maus."

Und so entwickelte sich zwischen Beagle und Tildi eine recht lebhafte Unterhaltung. Wer hätte das vor zwei Wochen gedacht? Tildi draußen? Tildi freundet sich mit einem fremden Hund an? Sachen gibts, die gibt es gar nicht.

Ich hörte auf, den Beiden weiter zu lauschen und drehte mich zu Schrader und Harley. Schließlich wusste ich noch gar nicht, wie es den zwei Katzen ergangen war, nachdem die Einbrecher mit dem Diebesgut und mir verschwunden waren. Sie berichteten abwechselnd, dass es ein heilloses Durcheinander gab, als deren Menschen an dem Abend nach Hause kamen. Mit vielen Polizisten, die die Spuren sicherten, viele Fotos machten, unzählige Fragen stellten und tatsächlich auch Schrader und Harley durch einen Tierarzt untersuchen ließen.

Über das entführte Frettchen Müller sprach natürlich niemand, da niemand etwas darüber wusste.

Nun, nach ein paar Tagen, legte sich die Aufregung ein wenig und die Normalität kehrte zurück. Aber beide, Schrader und Harley, waren überglücklich, dass ich wieder wohlbehalten zurück gefunden hatte. Schließlich wurde ich bei dem Versuch entführt, Schrader und Harley zu helfen, deren Zuhause zu beschützen.

Doch wie wollten wir jetzt weiter vorgehen? Ich wusste, wo das Diebesgut war, da ich ebenfalls dort war und wusste es anders herum auch nicht, da ich keine Ahnung hatte, wie man dorthin gelangte. Krake wusste es. Aber wie wollten wir das den Menschen mitteilen? Krake konnte nicht einem Polizisten auf die Schulter klopfen und sagen: „Mir nach! Ich weiss, wo die Sachen sind!"

Schwierig, schwierig. Wir mussten uns eine andere Lösung einfallen lassen.

Da ich aus Erfahrung wusste, wie aufregend und anstrengend so ein Ausflug in den Park, oder besser unser Revier, war, wollte ich den Abend hier beenden. Aber es war gar nicht so einfach, Tildi und Beagle voneinander zu trennen. Die zwei schienen sich richtig gut zu verstehen. Es war sehr erfreulich, dass Tildi so schnell bei ihrem ersten Ausflug die Scheu abgelegt hatte. Aber, Leute, ganz ehrlich, ich hätte nie gedacht, dass Tildi mal so aus sich herauskommen würde.

Nach unzähligen Zusagen und Versprechungen, dass wir bald wieder hierher kämen und die Beiden sich dann wieder treffen könnten, machten Tildi und ich uns auf den Heimweg. Der lief auch erstmal problemlos, bis wir an die Etagentür kamen. Ich sprang hoch, klappte den Briefschlitz mit meiner Schnauze hoch und schlüpfte hindurch. Nun kauerte ich auf dem Boden unterhalb des Schlitzes und wartete darauf, dass dieser hoch geklappt wurde und Tildi's Schnauze zum Vorschein kam. Aber das passierte nicht. Stattdessen hörte ich von der anderen Seite der Tür ein immer wiederkehrendes Kratzen. So, als würde jemand hochspringen und wieder herunter rutschen.

Und dann wurde es mir klar. Tildi war zu klein, oder besser gesagt, sie war zu kurz. Sie konnte sich nicht an der Kante des Briefschlitzes festkrallen und dann hochziehen, da sie diesen nicht erreichte, so wie ich.

Auf der Innenseite der Tür war der Fußboden höher, und somit für Tildi kein Problem, den Schlitz zu erreichen. Nun stand sie draussen und ich drinnen. Und ich hatte keine Ahnung, wie ich Tildi durch den Briefschlitz bekommen konnte. Ich hoffte nur, dass sie nicht in Panik geriet, da sie ja doch sehr ängstlich ist.

„Tildi, bleib ruhig, mir fällt schon etwas ein!"

„Und was?" Die Stimme von Tildi zitterte.

„Weiß ich auch noch nicht. Lass mich kurz überlegen."

„Mach es doch nicht so kompliziert. Komm wieder zurück auf meine Seite und leg dich hier vor die Tür. Ich stelle mich dann auf deinen Rücken und werde so den Briefschlitz erreichen können. Also echt, Männer kennen Probleme für jede Lösung."

Tildi hatte recht. Die Lösung war wirklich sehr einfach. Also schlüpfte ich wieder nach draußen in den Hausflur und legte mich ganz nah an die Tür. Tildi kletterte auf meinen Rücken, stellte sich auf die Hinterpfoten und sprang hoch. Sie erreichte bereits beim ersten Versuch den Schlitz und schlüpfte hindurch. Nachdem ich ihr gefolgt war, huschten wir zurück in unser Pennhouse, hoben den Haken zurück in die Öse und versteckten den Eisstiel wieder zwischen Bord und Rückwand.

Erst dann atmeten wir erleichtert durch. Geschafft! Tildi hatte ihren ersten Ausflug ins Revier hinter sich und wir waren wohlbehalten, wenn auch mit einem kleinen Problem, in unser Heim zurückgekehrt.

„Das war toll,", Tildi war immer noch begeistert, „und ich möchte, dass wir das wiederholen."

Ich leckte ihr den Nacken.

„Natürlich werden wir das wiederholen! Und ich muss auch zugeben, dass du das richtig gut gemacht hast. Der Beagle sieht ja wirklich lustig aus!"

„Ja wirklich. So viel Fell an diesem kleinen Körper. Echt zum Schlapplachen. Aber er ist nett und witzig und hat ein cooles Halsband."

„Es ist einfach nur schwarz. Was ist denn daran cool?"

Ich fand das nicht sonderlich cool.

„Hast du das nicht mitbekommen?" Tildi schüttelte den Kopf.

„Nein", erwiderte ich, „was denn?" Ich wusste nicht, was sie meinte.

„Das Halsband ist mit irgendeinem Teil ausgestattet, mit dem man Beagle immer finden kann. Irgendwie mit dem Telefon."

Ich dachte kurz nach und dann wusste ich es.

„Du meinst einen GPS-Tracker!"

„Kann schon sein."

Tildi gähnte und bekam schon ganz kleine Augen.

„Lass uns jetzt schlafen. Der Abend war sehr aufregend. Komm unter die Decke. Ich bleib bei dir, falls du schlecht träumst!"

So kuschelten wir uns unter unsere Lieblingsdecke und schliefen auch gleich ein.

Ob Tildi träumte, wusste ich nicht. Aber mich verfolgte der GPS-Tracker bis in meinen tiefsten Schlaf.

19. DIE IDEE

Die nächsten beiden Tage verliefen ohne sonderliche
Zwischenfälle. Tildi war von ihrem ersten Ausflug in
die Wildnis etwas mitgenommen und schlief entsprechend mehr. Das fiel aber keinem in unserer Menschenfamilie weiter auf.

Auch von unserem Beobachtungsposten, der Fensterbank, gab es nichts Neues zu berichten. Außer
April, der tatsächlich das macht, was er will. Es
schneite. Zwar blieb die weisse Pracht nicht liegen,
aber in schöner Regelmäßigkeit kam ein Schnee-
schauer herunter, begleitet von stürmischen Böen.

Leute, ich war so froh, dass ich hier auf meiner be-
heizten Fensterbank saß und dass ich während meines unfreiwilligen Ausfluges von dem Winterwetter
verschont geblieben war.

Die ganze Zeit zerbrach ich mir den Kopf, wie wir
die Einbrecher überführen und das Diebesgut zu-
rückbekommen würden. Es war schon richtig iro-
nisch, dass ich hier von meinem Fensterplatz meinen
Entführer Erik beobachten konnte, wie er einer an-
ständigen Arbeit als Klempner nachging. Und so wie
Harley und Schrader erzählten, mußte im gesamten
Haus die Heizungsanlage ausgetauscht werden. Das
bedeutete, dass ich meinen Entführer noch viele Tage

beobachten konnte, ohne ihm die Polizei auf den Hals hetzen zu können. Ein sehr unbefriedigender Zustand.

Unten wurde gerade das Fellknäuel Beagle Gassi geführt. Tildis erster Freund, der kein Frettchen war. Was hatte sie von seinem Halsband erzählt? Mit GPS-Tracker…. Wo wollte dieser kleine Hund denn hin, dass man ihn mit neuester Technologie orten und finden musste?

Und da fiel es mir wie Schuppen aus dem Fell. Orten…finden…GPS-Tracker….

So würden wir die Einbrecher zur Strecke bringen und das Diebesgut an die Menschen von Schrader und Harley zurückgeben können.

Tildi war neben mir auf der Fensterbank eingeschlafen.

„Tildi!", ich stupste sie an, „wach auf. Ich hab ne Idee, wie wir die Einbrecher überführen können!"

Nachdem Tildi endlich wach und aufnahmefähig war, erzählte ich ihr von meiner Idee und dem Plan, der daraus entstehen sollte. Sie war sehr skeptisch, oder besser gesagt, sie gab keinen Pfifferling auf meine Idee.

„Ok," , sagte sie. „Ich bin dabei, mache mit und helfe dir, auch wenn ich nichts von deinem Plan halte. Aber nur bis zu einem gewissen Punkt. Sobald es für einen von uns gefährlich wird, brechen wir ab. Ich möchte nicht, dass sich noch einmal jemand von uns in Gefahr begibt, in der du warst. Soviel Glück hat man nicht immer!"

Ich war froh und einverstanden.

Am gleichen Abend trafen Tildi und ich uns wieder mit unseren Freunden. Beagle war nicht oder noch nicht da, aber dafür Krake und Maus, die ich seit unserer Rückkehr von den Dieben nicht mehr gesehen hatte.

„Na, Müller, haste dich erholt?"

„Ja, Krake, das habe ich. Allerdings muss ich zugeben, dass es gute drei Tage und fünf Kilo Fleisch gedauert hat, bis ich wieder der Alte war. Und wo seid ihr gewesen?"

„Wir waren an eener Brutstelle für Kraniche an eenem See ausserhalb der Stadt. Da wohne ick ooch eejentlich. Aber da ick mir schon jedacht habe, dat der kleene Müller wat ausheckt, wollte ick mal vorbeikieken."

„Genau zur rechten Zeit!", antwortete ich.

„Kommt mal alle näher, damit ihr mich gut verstehen könnt. Der Plan ist zwar noch nicht so ganz ausgereift, aber im Großen und Ganzen habe ich schon so einige Ideen."

Als ich kurze Zeit später mit meinen Ausführungen geendet hatte, waren alle erst einmal still. Ob sie sprachlos waren, weil die Idee so genial war, oder weil sie mich für komplett verrückt hielten, konnte ich nicht sagen.

„Ist das ein Wolf?"

Alle blickten zu Maus, die in Richtung eines Gebüsches schaute. Dort konnte man eine platte Hundenase und ganz viel Fell erkennen. Es war Beagle.

„Das ist Beagle, Maus. Von dem ich eben gesprochen habe."

Ich stellte Krake und Maus dem Hund vor. Was wir von ihm wollten, verschwieg ich erstmal. Das sollte Tildi übernehmen, die sich auch schon auf dem Weg zu Beagle machte. Die Beiden begannen sofort, miteinander zu spielen. Ich machte mir überhaupt keine Sorgen, dass dieser Teil des Planes nicht funktionieren würde.

Für alles andere würden wir Glück und Geschick benötigen, und das nicht zu knapp.

Später, wieder vor unserer Etagentür, legte ich mich so hin, dass Tildi, mich als Tritt benutzend, leicht in die Wohnung gelangen konnte.

„Und?", fragte ich sie, als wir wieder in unserem Pennhouse lagen.

„Hat alles geklappt?"

„Es war sehr einfach, Beagle das Halsband zu stehlen und Ecki zu geben. Naja, schließlich sind wir Frettchen. Aber was machen wir, wenn sein Herrchen den

Verlust bemerkt und das Halsband mit seinem Handy sucht?"

Das war ein Teil meines Plans.

„Ganz einfach. Deswegen solltest du es Ecki geben. Mit dem habe ich besprochen, das Halsband in sein Futterversteck zu legen. Wenn das Herrchen bereits heute den Verlust bemerkt, sieht es so aus, als hätte Beagle es dort verloren. Und wenn nicht, kann unser Plan starten. Alles gut und niemand schöpft Verdacht."

Tildi schien es witzig zu finden.

„Also, ich kann mir nicht vorstellen, dass Beagle es selbst merken wird, dass da was fehlt. Bei der dicken Fellschicht!"

Ich ging darauf gar nicht weiter ein. Viel zu sehr kreisten meine Gedanken um die Ausführung meines Plans.

20. DIE AUSFÜHRUNG

Am nächsten Abend war es nun endlich soweit. Ecki, die beiden Katzen Schrader und Harley, Krake und Maus, Tildi und ich, trafen uns in unserem Revier. Alle waren da, alle waren pünktlich. Sogar Krake. Das machte den Abend besonders. Dies wurde ebenfalls dadurch deutlich, dass alle sehr still und konzentriert waren. Keiner machte überflüssige Bemerkungen oder Scherze.

Ecki hatte den GPS-Sender aus seinem Futterversteck hervorgeholt. Ich blickte auf dieses kleine Teil mit der nützlichen Technik. Der Lieferwagen von Erik stand am Strassenrand direkt vor unserem Revier. Es war somit ein Leichtes, diesen zu erreichen, ohne gesehen zu werden.

Ecki hatte sich angeboten, den Tracker irgendwo auf der Ladefläche des Lieferwagens zu verstecken. Er war sehr flink und geschickt und konnte am besten klettern.

„Also, Ecki,", begann ich, „bist du bereit, dich unsterblich zu machen?"

Ein kleiner Scherz musste nun doch noch sein.

„Na, klar. Ich kann es kaum noch erwarten. Endlich ist mal etwas los hier."

Ecki nahm den GPS-Sender in sein Maul.

„Allet Jute, Ecki!"

Auch Krake drückte Ecki die Daumen oder Krallen, besser gesagt.

Ecki machte sich auf den Weg zum äussersten Gebüsch unseres Reviers, als ich den Dieb Erik auf der anderen Strassenseite erblickte. Sofort wurde ich von Panik ergriffen.

„Ecki! Stop!!"

Das Eichhörnchen erstarrte in seiner Bewegung.

Währenddessen hatte Erik sein Fahrzeug beinahe erreicht, als Tildi, ja ausgerechnet Tildi, losrannte und mir zurief:

„Mir nach! Kümmere dich um die Schläuche!"

Erst wusste ich nicht, was Tildi mit „Schläuche" meinte. Aber dann begriff ich es und rannte ebenfalls los. Tildi war schon an Ecki vorbei, der noch immer erstarrt am Rand des Gebüsches stand.

Erik hatte die Fahrertür des Lieferwagens erreicht und wollte diese gerade öffnen, als Tildi begann, ihm in die Knöchel zu zwicken. Und zwar so heftig, dass der Einbrecher vor Schmerz laut aufschrie.

„Au!…Was ist das?…Eine Ratte!?…Ich werde von einer Ratte angegriffen! Hau ab, du Mistvieh!"

Erik versuchte nach Tildi zu treten. Aber dafür war das kleine Frettchen viel zu flink. Jeder Tritt ging weit ins Leere.

Tildi lies etwas von ihm ab und bewegte sich rückwärts vom Fahrzeug weg.

„Na, warte! Dir werde ich es zeigen!"

Erik, nun mit einem Reststück eines abgesägten Rohres bewaffnet, nahm die Verfolgung auf.

Das war meine Chance. Ich schlich unter den Lieferwagen und kletterte in den Motorraum. Dort sah ich mich um, und musste zugeben, dass ich keine Ahnung hatte, was ich hier machen musste. Schläuche zerbeissen, ja, klar, aber welche? Schnell musste es gehen, also sollten die Schläuche nicht zu dick sein.

Von ausserhalb des Motorraumes hörte ich immer noch Erik fluchen und schreien. Und ebenfalls konnte ich das Aufschlagen des Rohres auf den Beton des Fussweges vernehmen. Hoffentlich übertrieb Tildi es nicht!

Schnell hatte ich drei Schläuche durchgenagt. Aus allen lief und tropfte eine schmierige Flüssigkeit, die sich in den Motorraum und auf den Asphalt darunter ergoß. Und sie schmeckte wirklich ekelhaft.

Ich schlüpfte aus dem Motorraum und versteckte mich hinter dem linken Vorderrad. Tildi war am Rande des Gebüsches und wich den Stößen von Erik, der mit dem Rücken zu mir stand, geschickt aus. Ich flitzte zurück ins Revier, gefolgt von Tildi, die mich erblickt hatte. Wir waren in Sicherheit.

Erik ließ noch ein paar Flüche und Beschimpfungen los, verstummte dann aber und machte sich dann auf den Weg zurück zu dem Lieferwagen. Die Spannung stieg. Würde der Motor starten? Mussten sie ihren

Plan verschieben? Wenn ja, würden sie überhaupt noch einmal die Gelegenheit bekommen? Ewig konnten sie Beagle's GPS-Sender nicht behalten.

Erik stieg ein und kurze Zeit später hörte man das Drehen des Motors, dann ein kurzes Stottern… und…und…er sprang nicht an.

Ein kollektives, erleichtereres Ausatmen war von jedem von uns zu hören.

Das Drehen des Motors erklang erneut und, diesmal ohne Stottern, startete der Motor nicht.

Sie hatten es geschafft. Tildi und ich hatten den Lieferwagen lahmgelegt. Ich muss es aber noch einmal betonen, dass das Zeug, das aus den Schläuchen tropfte, sehr ekelig schmeckte. Auch wenn ich nicht viel davon in mein Maul bekam, so hatte ich doch schon ein flaues Gefühl in meinem Bauch.

Erik stieg fluchend aus dem Lieferwagen und machte sich an der Motorhaube zu schaffen, die sich quietschend öffnen lies.

Unsere gesamte Gang, bis auf Krake, kauerte im nahegelegenen Gebüsch und beobachtete dieses Schauspiel mit angehaltenem Atem.

Schließlich schien Erik aufzugeben. Er schlug die Motorhaube wutentbrannt zu, nahm sein Smartphone aus der Hosentasche und rief jemanden an. Nachdem er das kurze Telefonat beendet hatte, setzte er sich wieder an das Steuer, machte aber keine Anstalten den Startversuch zu wiederholen.

Einige Zeit später, wir fragten uns bereits, was denn nun passieren würde, hielt ein blauer Geländewagen auf der Beifahrerseite, in den Erik einstieg, nachdem er den Lieferwagen abgeschlossen hatte. Ich war mir sicher, in dem Fahrer des blauen Wagens Vincent, einen weiteren der drei Einbrecher erkannt zu haben. Aber der Moment war zu kurz, um dies genau sagen zu können, denn schon kurze Zeit später bog das Fahrzeug um die nächste Ecke und fuhr davon.

Jetzt waren wir wieder am Anfang unseres Vorhabens.

„Los, Ecki!"

Krake saß über uns auf einem langen Ast.

„Versuch es jetzte nochmal. Ick gloob, die Luft is rein!"

„Meint ihr wirklich?" Ecki war sehr verunsichert.

„Na sicher, es ist doch jetzt keiner mehr da, der dir gefährlich werden könnte!"

Auch Schrader ermutigte Ecki.

„Na gut, aber ihr müsst Schmiere stehen. Ihr hier unten auf dem Fußweg," er zeigte auf Schrader, Harley, Maus, Tildi und mich, und an Krake gewandt, „und du im größeren Umkreis, ok?"

Nachdem Ecki gemerkt hatte, dass wir ihm alle helfen würden, fasste er neuen Mut, nahm wieder den GPS-Sender in sein Maul und ging an den Rand des Gebüsches. Kurze Zeit später, nachdem wir alle uns vergewissert hatten, dass die Luft rein war, huschte er hinüber zum Lieferwagen, kletterte am Mittelholm hinauf und verschwand auf der Ladefläche. Kaum einen Atemzug später kam er wieder zum Vorschein, ohne GPS-Sender, kletterte auf selben Wege von dem Lieferwagen hinunter und verschwand im Gebüsch.

Wir folgten ihm und fanden ihn auf seinem Lieblingsbaum. Völlig ausser Atem aber auch stolz und erleichtert.

„Deswegen warst du der Richtige für diese Aufgabe. Ich habe noch nie ein Lebewesen gesehen, dass sich so schnell bewegen kann. Super, Ecki!"

Alle stimmten mir zu.

Man konnte aber allen ansehen, dass die Aktion alle sehr erschöpft hatte. Vor allem Tildi und ich waren am Ende und wollten schnell nach Hause.

Somit verabredeten wir uns für den nächsten Abend, in der Hoffnung, dass auch Beagle da sein würde. Schließlich mussten wir ihn darauf aufmerksam machen, dass sein GPS-Sender nicht mehr da war, wo er sein sollte.

Leute, lest weiter… das kann noch spannend werden!

21. UNGEWISSHEIT

Am nächsten Morgen konnten Tildi und ich es kaum erwarten, dass sich die Türen unseres Pennhouse öffneten. Wir erledigten alles, so schnell es ging, spielen, kuscheln, fressen.

Dann endlich hatten wir unsere Freizeit und wir konnten auf unsere Fensterbank. Natürlich galt unser erster Blick nach draußen und dort zum Lieferwagen. Er stand noch da, wo er gestern Abend geparkt hatte. „Ach, Tildi,", begann ich, „der Plan ist gar nicht gut." Warum nicht?", wollte Tildi wissen.

„Ich erkläre es dir. Ein Plan ist nur dann ein guter Plan, wenn er wasserdicht ist, also wenn man weiss, dass er klappt und nichts passieren kann. Bei unserem Plan ist das anders. Es ging schon gestern Abend los, als auf einmal der Einbrecher am Lieferwagen auftauchte. Hättest du nicht die tolle Idee gehabt, den Typen wegzulocken, damit ich den Wagen lahmlegen konnte, wäre der Plan schon erledigt gewesen, bevor er so richtig begonnen wurde. Genauso jetzt. Keiner weiss, wann der Wagen abgeschleppt wird und viel schlimmer…keiner weiss, wo die Reise des GPS-Senders hingeht. Was ich damit sagen will ist, dass keiner weiss, ob der Wagen zu einer Werkstatt oder zu dem Haus der Einbrecher geschleppt wird. Somit ist der

Plan wieder von einem Zufall abhängig. Wobei ich schon davon ausgehe, dass die Jungs die Schläuche selbst tauschen können und werden. Aber es ist eben nicht sicher."

„Ich weiss schon, was du meinst, Müller. Aber manchmal muss man eben improvisieren, so wie wir gestern. Wenn alles glatt läuft, ist es doch auch langweilig, oder?"

Tildi machte mir Mut und es fühlte sich gut an.

„Heute Abend gehen wir wieder ins Revier und setzen Beagle und seinen Menschen auf den GPS-Sender an. Und wenn der Lieferwagen bei der Werkstatt gefunden wird und nicht beim Diebesgut, dann ist es eben so. Es wird einen neuen Plan geben. Aber erstmal warten wir ab!"

„Danke, Tildi!"

Ich legte meinen Kopf auf ihren Rücken und entspannte mich.

Wir plauderten noch ein wenig über die Passanten, die unten auf der Strasse entlang gingen und schliefen kurze Zeit später ein.

Unsere Menschenmutter nahm uns irgendwann später nacheinander hoch, um uns zurück in unser Pennhouse zu setzen. Bevor sie losging, konnte ich noch einen Blick durch das Fenster nach unten auf die Strasse werfen. Der Lieferwagen stand nicht mehr da. Jemand musste ihn abgeholt haben während wir geschlafen haben. Sofort war ich hellwach und erzählte es Tildi, sobald wir auf unseren Decken lagen. Auch sie war sofort etwas angespannt. Wer hätte das vor einiger Zeit gedacht, dass Tildi genauso tickt wie ich und gar nicht ängstlich ist.

Die Zeit bis wir in unser Revier konnten, schien ewig zu dauern. Aber schließlich war es soweit. Unsere Hand-, oder besser gesagt, Pfotengriffe saßen immer besser. Man konnte tatsächlich sagen, dass wir ein eingespieltes Team geworden waren.

Bis auf Beagle waren alle im Park versammelt.

„Der Lieferwagen wurde abgeholt. Nur leider weiss ich nicht, ob er zum Diebesgut oder in die Werkstatt gebracht wurde."

Ich schaute alle an.

„Das habe ich gestern nicht bedacht, als ich die Schläuche durchgebissen hatte. Tut mir leid, Freunde, dass ich damit den Plan in Gefahr gebracht habe!"

„Ditt brauch et nich, Müller. Ick hab dat hier beobachtet und kann euch berichten, dass sich zwee von den Kameraden an dem Motor zu schaffen jemacht haben. Und wat soll ick sagen, irjendwann sprang die Karre an und die sind wechjefahren!"

Mir fiel ein Stein vom Herzen und auch Tildi schien erleichtert zu sein.

„Na, wie schön!", rief ich, „dann kann ja alles so weitergehen."

Ich drehte mich im Kreis und fragte: „Wo ist Beagle?"

„Hier bin ich doch! Hallo zusammen!"

Beagle wurde von allen wie ein alter Freund empfangen. Nachdem Tildi ihn in den Plan eingeweiht und ihm mitgeteilt hatte, dass nun der wichtigste Teil durch ihn gestartet werden müsste, war er sehr stolz und sofort Feuer und Flamme.

„Was soll ich tun?", fragte er sofort.

„Ganz einfach," begann Tildi, „du musst deinem Menschen mitteilen, dass dein GPS-Sender nicht mehr da ist. Am besten, du entledigst dich auch deines Halsbandes. So fällt es am schnellsten auf und dein Herrchen wird sofort mit der Suche beginnen. Tja, und wenn alles so läuft, wie wir uns das vorstellen und erhoffen, führt uns das Signal direkt zu den Einbrechern und den Sachen, die den Menschen von Schrader und Harley gestohlen wurden. Eigentlich ganz einfach, oder?"

Ohne ein weiteres Wort zu verlieren, legte sich Beagle auf den Rücken und streckte seinen Kopf.

„Einmal bitte Halsband entfernen!"

Beagle schien ein richtig lustiger Kerl zu sein.

Die Feinmechaniker in unserer Gang, Tildi und Ecki, machten sich sofort daran mit ihren kleinen, zarten Pfoten, das Halsband zu öffnen und zu entfernen. Ecki nahm es wieder mit in sein Futterversteck, in dem er auch den GPS-Sender gelagert hatte.

„So, ich werde dann mal keine Zeit verlieren und zu Hause meinem Menschen auf den Schoß springen.

Ich bin gespannt, wie es dann weitergeht. Bis bald hier an dieser Stelle."

Er verschwand genauso schnell, wie er aufgetaucht war.

Wir anderen konnten jetzt nicht mehr machen, als abwarten.

Aber nur warten, reichte mir nicht. Es konnte noch sehr viel schief gehen. Aber was konnte ich machen? Nichts.

Der Mensch von Beagle würde sich auf die Suche nach dem Halsband mit GPS-Sender machen, es finden, oder auch nicht. Und wenn er die Sachen gefunden hatte, was dann? Würde er überhaupt merken, dass er Einbrechern sehr nahe war? Nein, wie und warum auch?

Am nächsten Morgen tobten und tollten Tildi und ich im Wohnzimmer, als wäre nichts gewesen. Das ist ja der Vorteil bei uns Frettchen. Wir sind mit einem Pokerface auf die Welt gekommen. Man kann uns nicht ansehen, ob wir traurig oder böse sind. Wir sehen in jeder Lebenslage einfach nur zum Knuddeln aus.

Und während wir so freudig ausgelassen das Zimmer verwüsteten, spürte ich wieder meine Vibrations.

Es war das Smartphone unseres Menschenvaters, Krischan…

Leute, ich kann euch nur empfehlen, dabeizubleiben… Es wird spannend!

22. EIN NEUER PLAN

„Hallo, Heiner. Wie geht es dir?"
Heiner war der Freund von Krischan.
Sie unterhielten sich kurz über Alltägliches und die letzten Entwicklungen beim HSV. Ich wusste gerade nicht, ob meine Gänsehaut (sehr witzig bei einem Frettchen) von den Vibrations kam oder von den Gedanken an den HSV. Was da ablief, war ja wirklich peinlich. Ob die jemals wieder in der 1. Bundesliga spielen würden? Dazu vielleicht ein andermal mehr.
„Also, dein Hund Beagle hat sein Halsband samt GPS-Sender verloren. Na, das ist ja sehr praktisch, wenn Hund und Sender getrennt sind. Den Sender kannst du orten, aber der Hund ist weg. Ok, egal! Klar komm ich morgen mit. Wir treffen uns um 11.00 Uhr unten vor der Tür mit den Fahrrädern. Das wird gut."
Krischan hörte einen Augenblick zu und antwortete:
„Ja, klar. kann ich machen. Bis morgen also! Ich freu mich! Tschüß!"
Krischan beendete das Gespräch und mein Körper entspannte sich.
Da Tildi die Menschensprache nicht verstanden hatte, erzählte ich ihr, worüber sich Heiner und Krischen unterhalten hatten. Jetzt ist also auch unsere

Menschenfamilie in den Fall eingebunden. Unser Krischan würde sich auf die Suche nach dem GPS-Sender machen und somit wahrscheinlich in direkten Kontakt mit den Entführern und Einbrechern treten. Wenn das mal gut ging…

Aber weder Heiner, noch Krischan würden es merken, dass sie die Verbrecher, die das ganze Viertel in Atem hielten, gefunden hätten. Aber genau deswegen haben wir den GPS-Sender in dem Lieferwagen des Klempners installiert. Mist! Nicht bis zum Ende gedacht. Tildi und ich waren ratlos. Aber nicht lange!

Dann hatte Tildi eine Idee, und zwar dieee Idee!

„Sieh mal!"

Tildi blickte sich verschwörerisch um.

„Krischan bereitet seinen großen Rucksack vor. Du weisst schon…dieser Rucksack, in dem wir uns immer versteckt haben!"

„Ja, und?"

Ich wusste nicht, was sie meinte.

„Krischan wird diesen Rucksack morgen mitnehmen und du, mein lieber Halbbruder, wirst dich darin verstecken und dabei sein, wenn die Beiden den GPS-Sender und somit die Location der Einbrecher tracken."

Ich dachte darüber nach…ich dachte lange darüber nach und kam dann zu dem Schluss, dass es die einzige Möglichkeit war, das Verbrechen aufzuklären, wenn ich Tildis Idee umsetzte.

„Mir scheint, dass du Recht hast!"

Ich war immer noch sehr zögerlich.

„Natürlich hab' ich das!"

Im Gegensatz zu mir war Tildi überzeugt von ihrer Idee.

„Und wie soll das laufen?"

Ich hatte keinen Plan.

„Oh, Müller, was ist denn heute mit dir los? Du stehst ja völlig auf dem Schlauch!"

„Ja, sorry…!"

„Also," begann Tildi, „wie wir wissen, will Krischan morgen vormittag los. Nun, und am Wochenende sind wir ja vormittags immer lange draußen und keiner achtet so wirklich auf uns."

„Ja, und?"

„Mülleeeer!!!"

Tildi wurde langsam ungeduldig.

„Kurz bevor Krischan losgeht, springst du in den Rucksack und bist somit dabei, wenn die Beiden den GPS-Sender suchen und somit auf die Einbrecher und Deine Entführer stossen!!"

Langsam wurde mir klar, worauf Tildi hinaus wollte.

„Und du meinst, wenn wir dann da sind…."

„Genau. Dann musst du dich irgendwie bemerkbar machen und die beiden Menschen zu dem Diebesgut führen…und zack…hast Du den Fall gelöst und bist der Superheld im Revier!"

Ich war von Tildis Vorschlag absolut nicht überzeugt, aber gleichzeitig war mir klar, dass es die einzige Möglichkeit war, den Fall zu lösen und den Menschen von Schrader und Harley ihr Hab und Gut zurückzubringen.

Ausserdem war Krischan dabei und würde auf mich aufpassen...hoffentlich.

Aber was war, wenn ich auf der Fahrt mal musste? Oder wenn ich unbändigen Hunger bekam? Ach, ich sollte mir nicht so viele Gedanken machen. Tildi hatte Recht und ich würde es so machen.

Der Abend war einigermaßen entspannt. Nach toben und fressen kam fernsehen. Unsere Menschen sahen sich eine Sendung an, in der die Leute nicht lachen durften. Wenn sie es dennoch taten, schieden sie aus. Menschen sind wirklich merkwürdig...ich sags ja immer wieder. Was war das für eine Sendung, in der man nicht lachen darf? Wir Frettchen können gar nicht lachen, somit ist so eine Sendung für uns völlig witzlos (haha). Aber egal, unsere Menschen hatten Spaß und mir stand sowieso nicht der Sinn nach tiefgründiger Unterhaltung. Viel zu sehr war ich in Gedanken schon beim nächsten Tag. Was alles passieren konnte!? Und...ja...konnte ich wirklich den Fall lösen? Ich würde lügen, würde ich behaupten, dass mich nicht Stolz und Ehrgeiz packten.

Alle diese Gedanken und vor allem die Nicht-La-chen-Sendung machten mich schnell müde, sodass ich dann, an Tildi gekuschelt, eingeschlafen bin.

Am nächsten Morgen stand ich direkt nach dem Aufwachen unter Hochspannung. Wer Frettchen kennt, weiss, was das bedeutet. Aufgestelltes Fell, der Schwanz sieht aus, wie ein Tannenbaum, und ich bin völlig aufgedreht durch die Wohnung gerannt. Tildi musste mich bremsen, damit unsere Menschen kei-nen Verdacht schöpfen würden. Schließlich konnte ich mich etwas beruhigen, und so tun als wäre nichts los.

Auf dem Weg zum Fressen in der Küche kamen wir an der Eingangstür vorbei, und da stand er…der Rucksack. Mir rutschte sofort das Herz in mein Un-terfell. Tildi, die sofort wusste, was mit mir los war, stupste mich aufmunternd an:

„Los, komm in die Küche. Du musst etwas fressen. Der Tag wird anstrengend genug. Und so wie ich das sehe, macht sich Krischan auch schon fertig und wird bald los wollen. Das heisst für dich…ab in den Ruck-sack, wenn wir mit dem Fressen fertig sind!"

Nachdem es mir gelungen war, einige Happen zu fressen, schlichen wir in den Flur und hielten uns in der Nähe des Rucksackes auf.

Tildi tapste ins Wohnzimmer und in Richtung unseres Pennhouses, während ich in einem unbeobachteten Moment in den Rucksack kletterte.

Wollte Krischan auswandern? Der Rucksack war bis oben hin voll. Getränkeflaschen, Brotdosen, Schokoriegel, andere Süssigkeiten, Socken, eine Hose und irgendwelche Plastiksachen. Und Werkzeug durfte natürlich nicht fehlen. Die Menschen waren wirklich komisch. Wir Frettchen hatten nur unser Fell, unser messerscharfes Gebiss und unseren ebenso scharfen Verstand. Mehr benötigten wir nicht. Und die Menschen? Für eine Tagestour mit dem Fahrrad, wurde die halbe Wohnung eingepackt. ‚Hey, Krischan, willst Du nicht noch das Zelt mitnehmen oder hast du das an Thomas verliehen, der zum Grillen eingeladen ist!?' Haha, etwas Sarkasmus musste schon sein.

Aber es hatte natürlich auch sein Gutes. Ich hatte es in dem Rucksack warm und weich und an Nahrung mangelte es mir auch nicht. Umso besser. Ich war somit bereit… Abfahrt bitte!

23. DIE RADTOUR

Ich merkte zwar, wie sich Krischan den Rucksack mitsamt seiner wertvollen Fracht, nämlich mich, auf den Rücken schwang, aber ich bewegte mich keinen Zentimeter. Im Gegensatz zu dem Geschleudere und Gewerfe, das ich bei meiner Entführung erleben musste.

Ich kletterte etwas nach oben. Dort hatte ich viel mehr Freiraum, konnte durch einen schmalen Schlitz nach draussen schauen und hatte es auf der Hose auch noch einigermaßen weich.

Und schon fuhren wir los. Ich hätte nicht gedacht, wie cool es ist, in einem Rucksack fahrend, die Umgebung zu betrachten. Für ein Frettchen, dessen Augenhöhe bei unter 10 cm liegt, ist das wirklich ein Abenteuer. Und so fuhren wir die Straße entlang, in der wir wohnten. Ich sah unser Haus, unseren Park, oder besser gesagt, unser Revier, in dem nichts los war, wir passierten die Seitenstrasse, von wo aus ich in dem Lieferwagen entführt wurde und kamen schließlich an die Kreuzung mit der Tankstelle. Würden wir jetzt geradeaus fahren, kämen wir auf eine Strecke mit Pfl...l...l...l...a...a....a...s...t...t... t...eeehheeehhheee...rrrrrrrsteiiiiiin...n...n... e..nnnnnn.

Es dauerte ein paar Minuten, bis mein Kopf aufhörte zu wackeln.

Wenige Minuten später wurden wir auf einmal langsamer, bis wir anhielten und der Rucksack abgesetzt wurde. Er wurde geöffnet und eine Hand griff ganz knapp an mir vorbei nach einer Brotdose und Getränkeflasche.

Puh, das war knapp. Hätte mich Krischan entdeckt, wäre mein Ausflug schneller beendet gewesen, als ich denken konnte. Und…der Einbruch wäre wohl niemals aufgeklärt worden.

‚Wie Pause? Wir sind eben erst los gefahren, sitzen auf E-Bikes und machen jetzt eine Pause? Ich fasse es nicht.

Hey, Jungs, wir haben eine Mission zu erfüllen!'

Schließlich ging es weiter. Ich knabberte etwas an einer Gurke, sah mir die Umgebung an, die langsam aber sicher nicht mehr so interessant war und…ihr dürft raten…genau…ich schlief ein.

Ich weiss nicht, wieviel später es war, aber ich wurde davon wach, dass der Rucksack sehr unsanft auf den Boden gesetzt wurde.

Von ausserhalb hörte ich die Stimmen von Krischan und Heiner:

„Hier muss es irgendwo sein. Das Signal ist sehr nah." Das war Heiner, der mit seinem Smartphone den GPS-Sender ortete. Unterstützt von einem „Ping", das lauter wurde und immer öfter ertönte.

„Da vorn steht ein Lieferwagen. Kommt das Signal von dort?" Das war Krischan.

Nun war es an mir, aktiv zu werden. Ich schaute durch meinen Schlitz im Rucksack, doch leider stand dieser falsch herum. Ich konnte also Krischan und Heiner nicht sehen. Ich sah nur die beiden Fahrräder. Ok, also raus hier. Mit meiner Nase drückte ich den Reissverschluss soweit auf, dass ich hindurch passte. Ich steckte den Kopf hinaus, drehte mich um und konnte es nicht fassen. Wir waren da! Wir waren tatsächlich da! Der GPS-Tracker hatte uns zu dem Gebäude geführt, in dem die Einbrecher mich gefangen hielten und wo sie das Diebesgut von Schraders und Harley Menschen deponiert hatten. Unglaublich. Ich muss zugeben, dass ich schon ein wenig stolz auf mich war. Mein Plan hatte funktioniert.

Tja, und jetzt lag es an mir, diesen auch zu Ende zu bringen.

Ich zog mich weiter hoch und sprang aus dem Rucksack heraus.

Ich sah, wie Krischan und Heiner, der sich das Smartphone vor das Gesicht hielt, zum Lieferwagen gingen. Ja, es war tatsächlich der Transporter, auf dessen Ladefläche Ecki den GPS-Sender versteckt hatte. Das erkannte ich daran, dass quer über den Schriftzug *Klempnerei Noah, wir lösen jedes Wasserproblem* eine Schramme verlief, als wäre es durchgestrichen. Heiner deutete mit seiner freien Hand weiter nach vorn in Richtung des Lieferwagens und sagte: „Hier muss es sein. Wenn wir weiter in diese Richtung gehen, wird das Signal immer stärker!"

Den GPS-Sender würden die Beiden gleich finden, daran gab es keinen Zweifel. Aber jetzt musste ich die beiden nur noch dazu bringen, sich im Gebäude umzusehen. Aber wie?

Also lief ich los. Ich lief zu Krischan und sprang ihn von hinten an. Naja, ihn anspringen war vielleicht etwas übertrieben, aber immerhin stellte ich mich auf meine Hinterpfoten und berührte Krischan an der Wade.

„Müller", rief er völlig überrascht. „Was machst du denn hier?"

Heiner blickte mich an und schrie: „Was ist das denn? Ein Otter?"

Ich war immer wieder überrascht, dass Menschen keine Frettchen kennen. Zobel, Otter, …Maus nannte mich sogar einen Bären…

Krischan bückte sich zu mir und nahm mich auf den Arm:

„Das ist doch der Müller, Heiner. Müller ist unser Frettchen. Mit Tildi zusammen. Sieh mal, der ist ganz lieb!"

Er hielt mich Heiner hin, damit der mich auch auf den Arm nehmen konnte, doch dieser lehnte dankend ab. „Wie bist du denn hierher gekommen, häh?

Lass mich raten…du hast dich in dem Rucksack versteckt und ich habe es nicht gemerkt…"

In diesem Moment erstarrte er. „Ist Tildi etwa auch hier?"

Er rannte zurück zum Rucksack und öffnete ihn nun ganz, um hineinsehen zu können. Natürlich war Tildi nicht dort.

In diesem Moment ging es wieder los. Ein Zucken, ein Vibrieren…meine Vibrations waren mal wieder am Start.

„Hallo…!"

Mehr konnte Krischan nicht sagen, da wohl der andere Gesprächsteilnehmer, ihm direkt ins Wort fiel. Erst einige Zeit später kam dann auch Krischan zu Wort.

„Er ist hier. Ich habe ihn hier auf meinem Arm. Er wird sich in den Rucksack geschlichen haben, bevor ich losgefahren bin. Wir sind jetzt hier bei irgendeiner Klempnerfirma auf dem Hof und sind dem GPS-Sender sehr nahe, wie es scheint! Und auf einmal stand der kleine Müller neben meinen Füßen. Der kleine Racker! Ihr braucht euch also keine Sorgen machen. Und ich auch nicht. Ich dachte eben nämlich, dass Tildi auch hier wäre und ich sie nur nicht finden kann. Aber nun ist ja alles geklärt. Müller und ich kommen also nachher wohlbehalten nach Hause!! Bis später!"

Krischan beendete das Gespräch und war einen Moment unachtsam. Und Unachtsamkeit ist etwas, das man sich bei einem Frettchen nicht erlauben darf. Und bei mir schon mal gar nicht. Ich sprang von seinem Arm und rannte zum Gebäude, in dem die Einbrecher mich gefangen gehalten haben.

„Müller…Müller…komm zurück!"

Ich hörte, wie mir Krischan hinterher lief.

„Heiner, komm mit. Vielleicht brauch ich dich und wir müssen Müller in die Ecke treiben."

Das wollte ich hören…kommt nur beide hinter mir her zur Eingangstür der kleinen Halle.

In diesem Moment wurde die Tür von innen geöffnet und einer der Einbrecher, es war Lothar, trat nach draussen.

„Kann ich hier irgendjemandem, irgendwie helfen? Oder was hat dieses Geschrei hier zu bedeuten?"

Besser konnte es für mich nicht kommen. Die Tür war offen, ich schlupfte hinein und rannte direkt in den Raum, in dem das Diebesgut gelagert wurde.

Von vorn hörte ich Krischan sagen: „Mein Frettchen ist eben hier hereingelaufen. Darf ich ihn bitte suchen und einfangen?"

Leute, merkt ihr was? Mein Plan funktionierte!!!

24. DIE SCHLINGE

„Sie warten hier und ich bringe ihnen das Tier!"
Ich denke, Lothar war sehr optimistisch, was das Einfangen eines Frettchens betraf.
Aber ich wollte nichts dem Zufall überlassen. Ich zog
an der riesigen Decke, mit der das Diebesgut abgedeckt war, bis alles frei lag. Eine Vase stand auf einem Stapel Teller. Perfekt für meinen Plan. Ich stellte
mich auf meine Hinterpfoten und ließ mich nach
vorn fallen. Dadurch stieß ich die Vase um, die mit
einem ohrenbetäubenden Getöse von dem Stapel
Teller fiel und auf dem Boden zerschellte.
„Was war das?" Es war die Stimme von Krischan.
„Halt, bleiben sie draußen! Das ist Hausfriedens-
bruch."
Doch Krischan ließ sich offensichtlich davon nicht
abhalten, denn einen Moment später, kam er in den
Raum, in dem ich mich befand und beugte sich zu
mir herunter.
Von der Haustür hörte ich Lothar zu Heiner sagen:
„Aber sie bleiben hier stehen, bis ihr Kumpel mit der
Ratte wieder herauskommt!"
Ratte…Ratte…'Lothar, du wirst es noch bercuen!'
Krischan wollte mich hochheben, doch ich wich ihm
aus und kletterte auf so ein Gerät, auf dem man mit

runden, schwarzen Plastikscheiben Musik abspielen konnte.

Und dann begriff Krischan es. Er erstarrte kaum merklich, schaute sich alles kurz an, holte sein Smartphone aus der Tasche und machte schnell mehrere Fotos. Ich sprang zu ihm und ließ mich sofort hochheben. Krischan steckte sein Smartphone wieder weg und lief mit mir schnellen Schrittes aus dem Raum, an Lothar und Heiner vorbei nach draußen.

Das alles dauerte nur ein paar Augenblicke, sodass Lothar auch keinen Verdacht schöpfte.

„Komm, Heiner,", rief er, „ich hab Müller. Wir können los."

Heiner sagte noch einige Worte zu Lothar, die ich aber nicht verstand, während Krischan mich wieder in den Rucksack verfrachtete. Äusserst schwungvoll schnallte er sich den Rucksack auf den Rücken…so schwungvoll, dass ich im Inneren einmal quer herüber von links nach rechts geschleudert wurde.

„Warum denn auf einmal diese Hektik, Krischan?"
Heiner wusste absolut nicht, was los war. Woher auch!?

„Fahr einfach los. Ich erklär es dir später!"
Ich merkte, das wir losfuhren.

„Und was ist mit dem GPS-Sender? Deswegen sind wir doch überhaupt losgefahren!"
Heiner hatte Mühe uns zu folgen.

„Den werden wir noch brauchen. Glaub mir, Heiner!"

Krischan klang sehr entschlossen.

Ich schaute durch meine Beobachtungsloch im Rucksack nach draussen und konnte an Heiner vorbei Lothar sehen, der kopfschüttelnd und grinsend die Tür schloss. Also, jemand, der Verdacht schöpft und das Gefühl hat, entlarvt zu sein, sieht anders aus.

Wir bogen um eine Kurve und ich verlor das Gebäude mit Lothar und dem Diebesgut aus den Augen.

Krischan ließ Heiner aufschließen und begann sein Verhalten zu erklären: „Ich bin mir sicher, dass hier in dem Gebäude das Diebesgut versteckt wird, was bei unseren Nachbarn, den Hellmichs, aus unserer Strasse bei dem Einbruch gestohlen wurde."

„Wie kommst du darauf?", wollte Heiner wissen.

„Ich habe den Plattenspieler erkannt. Es wurden Fotos von den gestohlenen Gegenständen in der Zeitung veröffentlicht. Unter anderem eben auch von diesem Plattenspieler. Die Dinger sind heutzutage so selten. Ich habe den ganzen Haufen fotografiert und fahre jetzt zu den Hellmichs, um ihnen das Foto zu zeigen.

Und wenn die ihre Sachen wieder erkennen, dann wird es hier in Kürze von Polizei nur so wimmeln!"

Ich konnte mein Glück nicht fassen. Krischan ist voll darauf angesprungen. Und natürlich würden die

Hellmichs ihre Sachen wieder erkennen und natürlich würde es hier in Kürze nur so von Polizei wimmeln.

Herrlich, Leute, einfach nur herrlich. Ich konnte es kaum erwarten.

Einige Zeit später hielten wir an und Kirschen schaute in den Rucksack hinein und sagte: „Ich hätte dich gern vorher nach Haus gebracht, Müller, aber jede Sekunde zählt. Daher nehme ich dich mit hinein. Aber bitte reiss nicht wieder aus, ok?"

Natürlich würde ich ich nicht ausreissen. Ich bin doch nicht blöd. Dafür war das doch alles viel zu spannend. Und ausserdem hatte ich ja mein Guckloch, und war somit immer im Bilde.

Krischan und Heiner klingelten an der Eingangstür des Hauses in dem die Hellmich wohnten. Herr Hellmich öffnete und fragte, wie er denn helfen könnte.

„Herr Hellmich," begann Krischan, „ich möchte ihnen gern einige Fotos zeigen."

Jetzt hörte ich einige Zeit nichts. Wahrscheinlich holte Krischan sein Smartphone aus seiner Innentasche und öffnete die Fotodatei.

„Schauen sie mal, sind das ihre…".

Weiter kam er nicht, da er von Herrn Hellmich unterbrochen wurde.

„Das ist mein Plattenspieler….und da…das sind unsere Teller…und das mit dem Aufkleber ist der teure Laptop meiner Frau!"

Herr Hellmich begann hektisch zu atmen, ja fast zu hecheln.

„Wowowowoher haben sie die Fotos?"

„Mein Kumpel Heiner", Krischan deutete mit dem linken Arm in Heiners Richtung, „ist auf der Suche nach dem GPS-Senders seines Hundes. Tja, und ich habe ihn begleitet. Als wir den Sender schon fast gefunden hatten, kamen wir an ein Gebäude in dem ich diese Fotos gemacht habe."

„War der GPS-Sender in dem Gebäude, oder warum sind sie da hinein gegangen?"

„Lange Geschichte!", wich Krischan aus. „Wenn das wirklich ihre Sachen sind, sollten wir keine Zeit verlieren."

„Kommen sie rein. Wir rufen die Polizei an!"

Leute, Leute, ich kann euch sagen, ich hatte mich beinahe eingenässt, so spannend wurde es.

Einige Augenblicke später hörte ich bereits die Polizeisirenen, die immer lauter wurden, bis sie abrupt verstummten.

Herr Hellmich rannte zur Eingangstür und öffnete diese, ohne auf das Klingeln zu warten.

Ich schaute mich derweil etwas um, aber von Harley und Schrader war nichts zu sehen. Ob die Beiden mitbekamen, was hier gerade abging?

Ich hörte, wie die Männer sich unterhielten und dann ging es auch ganz schnell. Krischan griff sich den

Rucksack, in dem ich wieder von einer Seite auf die andere geschleudert wurde.

Wir stiegen in ein Auto, Krischan und Heiner setzten sich auf den Rücksitz und der Rucksack, in dem ich mich befand, stand zwischen den beiden. So konnte ich bestens erkennen, dass der Fahrer ein Polizist war und laut seinem Namensschild Hübners hieß. Einen ausgezeichneten Blick durch die Frontscheibe hatte ich ebenfalls. Der Polizeibeamte Hübners startete den Wagen und betätigte einen Schalter, der ganz eindeutig die Sirene auslöste. Schließlich fuhren wir mit Höchstgeschwindigkeit los.

Und mit eben jener Höchstgeschwindigkeit entleerte sich meine Blase in die Ersatzjeans von Krischan. Es war eben alles viel zu aufregend.

25. DIE FESTNAHME

„Trave vier an Zentrale, bitte kommen!"

Es war der beifahrende Polizist, der das Funkgerät, aus dem ein Rauschen erklang, vor sein Gesicht hielt.

„Hier Zentrale, Trave vier, was gibt es? Kommen!"

„Wir haben einen eins-eins-drei, Hinweis auf Lagerung von Diebesgut aus einem kürzlich verübten Einbruch erhalten. Wir sind mit den Hinweisgebern auf den Weg dorthin und bitten um Verstärkung, da mindestes ein Verdächtiger vor ungefähr zwei Stunden vor Ort war. Kommen!"

Leute, war das spannend! Wie in einem dieser Krimis, die ich immer heimlich bei meinen Menschen mit geschaut habe. Notruf - Hafenkante…oder Großstadtrevier. Da fuhr die Polizei auch immer in Streifenwagen zu Tatorten oder Lagerhäusern, in denen Diebesgut gelagert wurde. Und jetzt? Ja, jetzt war ich dabei! Dabei in einem dieser Streifenwagen. Und warum war ein Streifenwagen unterwegs? Weil ich Krischan zu dem Haus geführt hatte, in dem das Diebesgut lag! Es war ein tolles Gefühl. Aufregung, Angst und Spannung. Wie ein Überraschungsei für Frettchen eben!

„Trave vier! Trave zwei, sechs und sieben sind ebenfalls auf dem Weg zu ihrem Zielort. Ende!"

Der Polizist antwortete: „Danke, Zentrale, und Ende!"

Danach verstummte das Funkgerät und auch keiner der vier Männer, Krischan, Heiner und die beiden Polizisten sprach ein Wort.

Durch die Frontscheibe konnte ich erkennen, das aufgrund der Sirene, die vor uns fahrenden Autos an die rechte Seite fuhren, um uns vorbeizulassen. Auch ein tolles Gefühl.

Kurze Zeit später, wir näherten uns dem Haus der Einbrecher, was ich auf dem Navigationsgerät erkennen konnte, nahm der beifahrende Polizist das Funkgerät: „Trave vier an die Einheiten, die zum eins-eins-drei unterwegs sind. Wir sind in drei Minuten vor Ort. Wir werden vor der Zufahrt zum Grundstück auf euch warten. Bitte kommen!"

Aus dem Funkgerät meldeten sich nacheinander die Einheiten, die als Verstärkung unterwegs waren. Man verabredete, sich an der Grundstückszufahrt zu treffen.

Hübners betätigte erneut den Sirenenschalter, wodurch diese verstummte. Aha, ich verstand es sofort: Lothar, der Einbrecher, sollte durch eine eingeschaltete Sirene nicht gewarnt werden. Er sollte keinen Verdacht schöpfen und sich in Sicherheit wiegen. Ja, ich wusste Bescheid. Diese Krimiserien sind ja auch in etwa wie eine Polizeiausbildung.

Wenige Augenblicke später hielt neben uns ein weiterer Streifenwagen. Nach einem kurzen Blick in den Rückspiegel sagte Hübners: „Alle da. Es geht los. Wo genau auf dem Grundstück müssen wir hin?"

„Zum Haupthaus und da direkt zur Eingangstür", antwortete Heiner.

Hübners gab Gas und war somit der erste der vier Streifenwagen, die auf das Grundstück der vermeintlichen Einbrecher abbogen.

Durch die Frontscheibe sah ich das Haus mit seiner verschlossenen Eingangstür. Von Lothar und seinen Komplizen war nichts zu sehen. Der Lieferwagen mit dem von Ecki versteckten GPS-Sender stand ebenfalls noch, wie vorhin, mitten auf dem Hof. Es hatte sich also nichts verändert. Hübners brachte den Streifenwagen zum Stehen und auch die anderen drei hielten direkt neben uns an. Aus jedem der Wagen stiegen jeweils zwei Polizeibeamte aus, die ihre Türen nicht zuschlugen, sondern offen liessen, um keine unnötigen Geräusche zu erzeugen.

Zu Krischan und Heiner gewandt sagte Hübners:

„Sie beide bleiben bitte hier im Streifenwagen. Hier ist es für sie sicher und gleichzeitig behindern sie uns draussen nicht bei unserem Einsatz!"

Vier Beamte machten sich auf den Weg, das Haus zu umrunden. Zwei auf der linken und zwei auf der rechten Seite.

Die restlichen vier Polizisten, angeführt von Hübners, gingen direkt auf die Eingangstür des Haupthauses zu.

„Na,", meinte Heiner, „was das wohl wird. Und ich hoffe ja, dass das wirklich das Diebesgut ist. Hoffentlich hast du dich nicht getäuscht, und es handelt sich um die Sachen, einer der Mitarbeiter der Klempnerei, der zu Hause rausgeflogen ist und die Sachen hier nur unterstellt."

Krischan lachte auf: „Da sei dir sicher. Wenn in der Zwischenzeit das Zimmer nicht leergeräumt wurde und die Sachen noch da sind, dann ist aus der Suche nach dem GPS-Sender deines Hundes eine ganz große Nummer geworden.

Merkwürdiger Zufall...eigentlich!"

In dem Moment wurde die Tür des Haupthauses geöffnet und Lothar trat hervor. Es war zu erkennen, dass Hübners mit Lothar sprach, als dieser nach vorn sprang, die Polizisten zur Seite stiess, sodass diese rückwärts auf ihre Hintern fielen. Es hätte eine Szene aus einem Film mit Bud Spencer und Terence Hill sein können, so lustig sah es aus.

„Jetzt sieh Dir das an!", rief Krischan völlig aufgeregt.

Lothar stürmte an den am Boden liegenden Polizisten vorbei und rannte los. Er schlug die Richtung zum Grundstücksausgang ein, was bedeutete, dass er an dem Streifenwagen vorbeikam, in dem Krischen, Heiner und ich uns befanden.

Tja, Leute, was soll ich sagen?! Glaubt ihr etwa, dass einer der Beiden Anstalten machte, auszusteigen und den fliehenden Einbrecher zu stellen? Natürlich war das nicht der Fall.

Und wer, glaubt ihr, musste das wieder übernehmen? Ich, das Polizei-Frettchen wieder einmal.

Ich schälte mich aus dem Rucksack heraus und ehe Krischan merkte, was ich vorhatte, war ich auch schon auf dem Beifahrersitz. Da die Autotür nicht geschlossen wurde, als die Polizisten ausgestiegen waren, konnte ich aus dem Streifenwagen herausspringen. Ich wartete bis Lothar an mir vorbei war und rannte dann hinter ihm her, damit er mich nicht sehen konnte. Überraschung ist alles im Leben. Und diese bekam Lothar nun auch zu spüren. Ich biss ihm hinten in die Hacke und ich kann mit Stolz sagen, dass es ein Volltreffer war.

Lothar schrie auf, vor Schmerz und eben jener Überraschung.

Er geriet ins Stolpern und schlug der Länge nach hin. Dies war für mich die perfekte Einladung, mir seinen anderen Fuss vorzunehmen. Ich biss und zwickte ihn in seinen Knöchel, was äusserst schmerzhaft ist. Woher ich das wusste? Es war nicht der erste Knöchel, den ich mir vornahm. Jedenfalls hinderte es Lothar solange aufzustehen, bis dann auch endlich mal die

Polizisten uns eingeholt hatten. Sie hielten ihn am Boden, legten ihm Handschellen an und brachten ihn zu einem der anderen Streifenwagen.

In diesem Moment umschlossen mich zwei Hände und hoben mich hoch: „Müller, was machst Du denn schon wieder? Wusstest Du, dass es sich wahrscheinlich um einen Verbrecher handelt oder bist du ihm einfach nur hintergelaufen, weil es dir Spass macht?"

Ach, Krischan, du Ahnungsloser. Wenn du gewusst hättest, dass durch meine Freunde, Tildi und mich ein Einbruch aufgeklärt worden ist, hättest du es eh nicht geglaubt. Daher sollte er einfach nur denken, dass ich spielen wollte...

Legt Euch nicht mit mir an!

26. ENTSPANNUNG

Zwei Tage später.

Es war nun etwas Ruhe eingekehrt. Nachdem Heiner seinen GPS-Sender vom Transporter an sich genommen hatte - auch etwas, was keiner verstehen konnte, warum der GPS-Sender ausgerechnet auf diesem Grundstück war!? - wurden wir von Hübners und seinem Kollegen im Streifenwagen nach Hause gefahren. Das war eine Schau für die Nachbarn.

Während der Fahrt hörten wir über Funk, dass auch Erik und Vincent festgenommen wurden, nachdem Lothar alles zugegeben und die Adressen seiner Komplizen preisgegeben hatte.

Für mich stand ganz oben auf meiner To-do-Liste: Essen und schlafen. Und das immer wieder und in abwechselnder Reihenfolge.

Krischan erzählte Karen das, was er wusste. Und das war echt nicht viel. Heiner und er waren aufgebrochen, um den GPS-Sender zu finden, haben dann durch Zufall das Diebesgut aus dem Einbruch bei den Hellmichs entdeckt und das Frettchen Müller hatte sich in dem Rucksack aus der Wohnung geschleust. Das war alles.

Anders Tildi. Sie wollte alles haargenau wissen.

„Erzähl doch mal. Ihr seid auf dem Gelände angekommen, auf dem der GPS-Sender war. Und dann? Wie bist du überhaupt aus dem Rucksack herausgekommen?"

„Der Reissverschluss", begann ich zu erklären, „war nicht ganz zu. Ich konnte ihn also mit meiner Schnauze ganz öffnen. Ja, und da bin ich dann heraus geschlüpft und konnte so in den Raum mit dem Diebesgut gelangen."

„Und Krischan hat das gleich gerafft?"

„Ja, tatsächlich, das hat er. Er hat irgend so ein Musikgerät erkannt. Und dann ging alles ganz schnell. Schön war, als wir das zweite Mal dort waren und ich diesem Lothar so richtig in die Hacken beissen konnte. Ein tolles Gefühl."

Ich gähnte und kuschelte mich an Tildi.

Am selben Abend und nach einem ausgiebigen Mittagsschlaf, lagen Tildi und ich wieder auf unserer Fensterbank und beobachteten die Umgebung. Draussen war nicht viel los. Keine Klempner mit Lieferwagen, von unseren Freunden war auch nichts zu sehen und auch Beagle wurde nicht ausgeführt. Wahrscheinlich war sein Herrchen Heiner ebenfalls von den Vorkommnissen so erschöpft, dass er sich ausruhen musste.

Mein Hintern begann zu zucken und zu vibrieren. Ein Telefonanruf ging ein.

„Hallo?“

Krischan stand am Fenster hinter uns und kraulte mir den Pelz. Unser Abenteuer hat unsere Beziehung auf eine neue Ebene gehievt. Wir waren jetzt richtig dicke miteinander.

„Ah, hallo Herr Hellmich. Wie geht es denn so? Haben Sie Ihre Gegenstände alle wieder zurück und wieder eingeräumt?“

Wir hörten eine Stimme aus dem Smartphone, die abwechselnd laut redete und immer wieder lachte.

„Es freut mich sehr, dass wir Ihnen Ihre Gegenstände zurückbringen konnten. Es war zwar nicht gewollt, aber das ist am Ende des Tages ja egal!“

„Wie einladen…?“ Krischan hörte auf, mich zu kraulen. Ob er mein Gezucke gemerkt hatte?

„Ein Wellness-Wochenende an der Ostsee? Mit Heiner? Und sie beide?“

Wieder eine längere Redepause, in der Krischan zuhörte. Dann lachte er.

„Haha, also Herr Hellmich…ähhh, ja…Holger…ich heisse Krischan. Also, Holger, wenn wir fünf ein Wochenende an der Ostsee sind, dann brauchen wir wohl eher hinterher Wellness, oder? Hahaha!“

Wieder eine Pause.

„Ja, also unser Sohn Max kann bei ihren, ähm euren Kindern übernachten. Er muss dann nur öfter am Tag hierher und sich um Müller und Tildi, unsere beiden Frettchen, kümmern.

Wann soll es denn losgehen?"

Krischan tanzte von einem Bein auf das andere. Er schien sich zu freuen und schon jetzt etwas aufgeregt zu sein.

„Schon in zwei Wochen?"

Jetzt nahm er Tildi auf den Arm.

„Das ist ja super. Da freuen wir uns schon jetzt riesig! Vielen, vielen Dank! Das wird ein Spaß!"

Krischan setzte Tildi wieder zurück auf die Fensterbank und verließ den Raum. Wahrscheinlich wollte er direkt Karen die freudige Nachricht ihres bevorstehenden Wellness-Wochenendes überbringen.

Ich wiederum erzählte Tildi den Inhalt des Telefonats. Wir würden demnächst ein sturmfreies Wochenende haben. und nicht nur wir, sondern auch Harley, Schrader und Beagle. Das war also unser Wellness-Wochenende. Einige Tage ohne Menschen. Das war eine angemessene Belohnung dafür, dass wir Tiere es letzten Endes waren, die den Einbruch aufgeklärt hatten. Und zwar vom Anfang bis zum Ende. Ich musste mich sogar von den Einbrechern entführen lassen, um den Standort des Diebesgutes zu lokalisieren. Alle beteiligten Menschen dachten, es wäre alles ein Zufall gewesen, dass der Fall aufgeklärt wurde.

Tildi und ich fanden es unheimlich lustig und wir haben minutenlang gelacht. Die schlauen Tiere haben es gelöst...

27. EINER GEHT NOCH

Am nächsten Abend war es nach langer Zeit mal wieder so weit. Tildi und ich trafen uns mit unserer Gang in unserem Revier. Es waren tatsächlich alle da. Harley und Schrader hatten scheinbar wieder etwas im Futter gehabt. Jedenfalls bewegten sich beide auffällig langsam. Ecki hatte natürlich das Maul voller Nüsse, sodass man ihn nicht verstehen konnte. Unser neues Mitglied Beagle war ebenfalls anwesend. Er schien sehr stolz zu sein, dass die ganze Sache nur mit seiner Hardware, dem GPS-Sender, aufgeklärt werden konnte. Und zu guter letzt kamen auch Krake mit Maus angeflogen. Der Kranich setzte Maus zu uns hinunter und landete danach auf seinem Lieblingsast.

Auf einer der gegenüberliegenden Bänke saßen zwei Jugendliche, die völlig vertieft in ihre Smartphones waren.

Auf der Bank daneben unterhielten sich drei Mütter über ihre neusten Erlebnisse und Entdeckungen in ihrem Mutterdasein.

Jede versuchte am lautesten zu sein, um so darzustellen, dass ihre Geschichte am interessantesten wäre. Dabei wippten und schoben sie ihre Kinderwagen hin und her. Als wäre es abgesprochen, beugten sie sich ausserdem abwechselnd über ihre Babys, um sie noch besser zuzudecken und ihnen den Schnuller noch besser in den Mund zu setzen.

Naja, Menschen eben.

Wir Tiere hingegen waren nach den Ereignissen der jüngsten Vergangenheit locker, entspannt, gelöst…ja, einfach gut drauf.

Tildi, Maus und Beagle tollten herum, wobei sich der Hund auf den Rücken legte und Tildi immer wieder auf ihm herumsprang. Schrader und Harley wollten einen Jogger ärgern, waren dazu aber viel zu träge und langsam, sodass der Jogger gar nichts mitbekam und schon kurze Zeit später hinter der nächsten Kurve verschwunden war.

Einige Augenblicke später - ich war schon wieder kurz davor einzuschlafen, vor lauter Entspannung - setzte sich Krake zu mir.

„Sach ma,", begann er, „ick hab da ma ne Frage."

„Schiess los!" Was er wohl wollte?

„Et is ja nu Herbst und et wird kalt…"

„Ja,", fiel ich ihm ins Wort, „so wie jedes Jahr. Worum geht es, Krake." Ich hatte keine Ahnung, was er von mir wollte.

„Nun ja, für mich kommt jetzte janz langsam die Zeit, in der ick in den Süden fliege, um dort zu überwintern!"

Na, klar! Der Winter stand mehr oder weniger vor Tür. Das bedeutete für die Tiere, dass sie sich umstel-

len mussten. Hunde bekamen so einen albernen Anzug übergezogen, Eichhörnchen hielten Winterruhe,
Frettchen bekamen ein Winterfell und einige Vogelarten flogen eben in wärmere Gefilde.

„Verstehe, Krake. Sowas haben wir Frettchen nicht
so auf dem Zettel. Wir bekommen ein noch dickeres
Fell und unsere Menschen drehen die Heizung höher.
Das war's. Das ist der Winter für uns. Ihr hier draussen habt es da natürlich schwerer."

„Janz jenau. Für mich ist es keen Problem. Ick fliech
dahin, wo et warm is. Aber et jibbt eben ooch Tiere,
die dat nich können.

Wie zum Beespiel Maus. Die ham wa aus eener warmen Umjebung herausjeholt. Nu müssen wir ihr helfen."

Ich begann langsam zu verstehen, wohin die Reise
ging.

„Und an was hattest du da gedacht?"

Ich tat noch immer ganz ahnungslos.

„Naja,", Krake kratzte mit seinem Fuss im Sand, „als
du den Eenbrechern entkommen warst, hatte icke dir
jeholfen, nach Hause zu kommen. Und jetzte bitte
icke dich um eenen Jefallen."

„Was denn genau, mein Freund?"

Ich wusste genau, was er wollte. Aber er sollte es aussprechen. „Puuh, ick wollte dich und Tildi bitten, ob
ihr unseren Freund Maus bei euch uffnehmen könnt.
Jinge dat?"

187

Tildi war zwischenzeitlich zu uns gekommen und hörte nur noch den letzten Satz.

„Wie? Maus bei uns aufnehmen? Na, klar. Ich hab zwar keine Ahnung wie und wo und was unsere Menschen dazu sagen…aber natürlich, machen wir! Das wird richtig lustig oder Müller?"

„Natürlich!" Ich stupste Krake an. „Überhaupt keen Problem, wa?" Ich versuchte Krakes Aussprache nachzumachen, was mir allerdings nur teilweise gelang.

Wir fanden es alle lustig.

„Danke! Ihr seid echt meine Freunde!"

Maus war nun sichtlich gerührt.

„Aber wo soll ich denn wohnen und so?"

„Tildi und ich haben ein sehr großen Käfig, den wir unser Pennhouse nennen. Da ist wirklich genug Platz für uns drei.

Und unsere Menschen sind sehr tierlieb. Die werden dich mit Freude in unsere Familie aufnehmen."

„Ihr zwee seid echt in Ordnung! Danke!"

Und zu Maus gewandt sagte Krake: „Machet jut, meen Freund. Et hat ma richtig dolle Spass mit dir jemacht. Und im Frühjahr sehen wa uns wieder!"

„Halt!" Alle, auch die anderen Gangmitglieder hörten auf zu reden, und schauten zu mir.

Ich fuhr fort: „Bevor Krake in den Süden aufbricht, möchte ich noch eine Sache erledigen, die mir schon auf dem Herzen lag, als wir, Du und ich,", ich schau-

te die Maus an, „aus dem Haus der Einbrecher ge-
flohen waren. Du brauchst einen vernünftigen Namen."

Ich stellte mich auf meine Hinterpfoten, machte
mich ganz lang und reckte meine Schnauze in den
Himmel.

„Ich schlage vor, wir nennen dich ab sofort...
ALEX!"

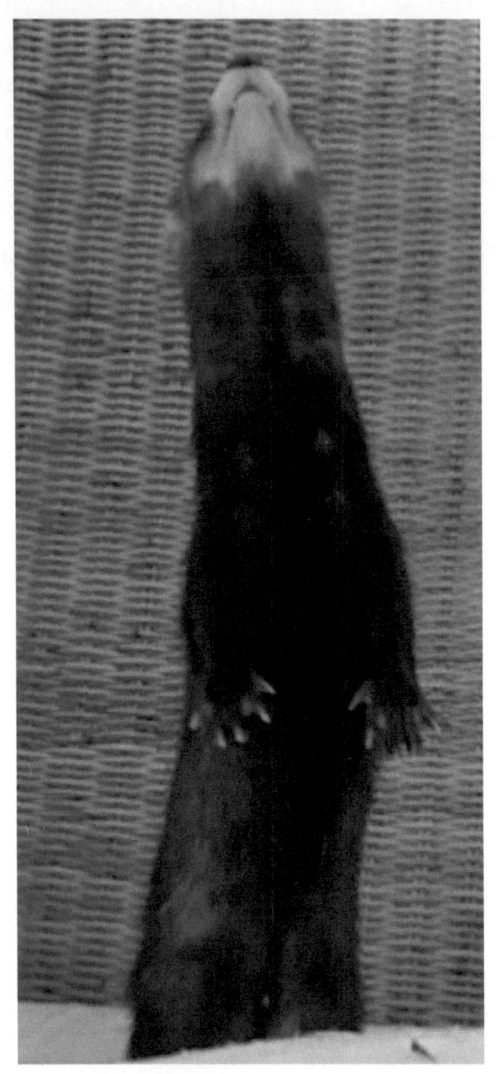

-

ENDE-

Ebenfalls von mir auf Amazon erschienen:

Die wilden Vier vom Pier

Ostsee-Irrfahrt

Ein aufregendes Ferienabenteuer

Max, Luke, Leon und Jo sind vier 14-jährige Freunde, die im Urlaub auf Rügen einen Ausflug mit einem Ruderboot unternehmen. Dabei geraten Sie in die Fänge von Geldräubern, die auch vor Gewalt nicht zurückschrecken. Können sie sich von ihren Entführern befreien? Finden sie wieder nach Hause? Welche Rolle spielt die Jacht?

Ein spannendes Abenteuer voller interessanter Wendungen, das die vier Freunde quer über die Ostsee führt.

https://www.amazon.de/dp/B08SLBBTQN